도대체, 대책 없는 낭만

홍대욱 시집

도대체, 대책 없는 낭만

달아실기획시집
27

보조 용언과 합성 명사의 띄어쓰기 등 본문의 맞춤법은 시인의 의도에 따른 것임.

마치 타일공처럼 삶을 보기 좋게, 또는 있는 그대로 짜 맞추어 가기 위해 애쓰지만 마음먹은 대로 되지 않는 것 같습니다. 날이 갈수록 '시는 사람이 쓰는 것이 아니라 삶이 쓰는 것'이라는 생각이 짙어집니다. 겨울 시인은 칼바람에 가난한 사람들과 함께 지상에서 도려내지면 어쩌나 걱정하지만 여름 시인은 상처가 짓무르거나 도지면 어쩌나 걱정합니다.

첫 시집에 이어서 어쩌다 보니 생일 달에 다시 한 번 여름 시인이 됩니다.

저의 상처에 대한 시도 담았지만 타인의 상처를 늘 걱정합니다.

2023년 8월
홍대욱

차례

도대체, 대책 없는 낭만

2부. 속도의 용기 또는 용기의 속도

3부. 나보다 아픈 가슴을 위하여

1부

헤어지는 꿈 이야기

잘 가라 책

1946년생 짙은 녹색 표지 『정지용 시집』
靑馬 인지가 아직도 새빨간 『유치환 시선』
청계 8가 헌책방에서 와서 나의 꼬질한 종이 성에 함께
살았던
어린 정신의 등나무 덩굴과 푸른 이끼였고
자위하는 서툰 육체가 자라는
작은방 문을 꼬옥꼬옥 닫아주신 어머니였던 책
인사동 통문관 해맑은 주인 손에 맡기고 돌아와 엎드려
운다
제날짜와 수지를 꼬박꼬박 못 맞추는
내 계획경제의 무능 탓에 그대들을 내다판 나는
이 후기자본주의의 몸을 위해 추억을 팔아먹은 놈이 되
었다
새하얀 날 선 백지와 붙어먹으려고
한 번도 내 손을 벤 적 없는 착한 페이지들을
난봉꾼처럼 동구 밖으로 쫓아내버렸다
이제 손금에 남은 과거는 이강국의 『민주주의 조선의
건설』 단 한 권
나는 왜 시집들을 버려야 했단 말인가

헤어짐을 알아챈 나의 옛날 검은 새끼 고양이
가슴팍에 발톱 묻고 떨어지지 않으려는 녀석을 뜯어낸 후
몇 년 만인가 다시 찾아간
동네 시장 어묵 가게에서 나를 싸악 외면했었지
마음대로 떠나 버린 자 죽기 전에 반드시 한 번은 무릎 꿇고
깊게 쓰라리게 뺨이라도 할퀴어달라 애원하리라는 것을 배웠다
잘 가라 책
나 초라하게 늙은 어느 날 만나게 된다면
눈곱 낀 눈과 떨리는 손으로 처음 만났을 때와 똑같은
너의 누런 페이지 위에 눈물 뚝뚝 흘리게 되리라

희고 붉은 노래

여자들은 똑똑하고 아름답다 학교 다닐 때 수원역 성노
동자들도 그랬다

벌에 쏘인 허벅지 같은 황혼이 내릴 무렵 허리띠를 잡
고 늘어지다가 책가방을 낚아채서는 골목으로 내뺐다

너무 예뻐서 눌러살까 충동하기도 했다 가방을 뒤지며
『카를 마르크스 경제철학수고』『제주도인민무장투쟁사』
책밖에 없자 쓸데없는 것만 갖고 다니냐, 그 입술이 너무
예뻐서 입을 맞추려 하자 거절했지 정식으로 연애 아니면
안 돼 바보야

그녀의 연애 또는 생존 기획이 하얗게 가물거린다

뿌리치고 뛰쳐나왔다 연필 깎는 칼로 손가락 끝을 조금
베었을 뿐인 혈서를 준 그녀가 생각나서였다 이런 이상한
녀석은 다시는 만나지 말아라, 그녀의 어머니는 말씀하셨
다고 했다

오! 삶은 온통 희고 붉은 노래

내 詩가 벙커에 서서 몰래 한 손 내리고 숨가쁘게 끝내
는 졸병의 자위처럼 서러운 비린내였을 때 붉은 혈서 한
장 썼었다 너를 사랑한다 이것은 사랑의 징표, 나의 피. 비
장하거나 거룩하진 않았어 연필 깎는 칼로 검지 끝을 조

금 그었을 뿐인 비겁한 출혈 그녀의 어머니는 차분하게 말씀하셨다고 했다 그런 이상한 녀석은 다시는 만나지 말 아라

아직 그녀 나이를 모른다 떡볶이집 협탁에 나란히 앉아 빨간 국물 얼룩진 냅킨에 꽃 떨어질 나이, 라고 쓰면서 다 물었던 입술만이 그녀가 내게 준 詩의 전부였어 꽃이 떨어지는 이유를 듣지 못한 채 호주머니에 구겨 넣은 그 詩 를 어디선가 잃어버리고 죽을 만큼 퍼마시고 세기말의 서 울 어느 부수다 만 건물에 오줌을 내갈기다가 노래가 되 지 못하고 구천을 떠도는 뒷골목의 詩, 낙서를 발견했어

봄 보지는 무쇠를 녹이고 가을 자지는 철판을 뚫는다

교과서 대신 깨알 같은 세로쓰기 문학 개론을 가방에 넣고 다녔던 고등학생이었을 때 詩의 원쑤인 것만 같은 수학에 복수한답시고 답안지를 온통 낙서로 도배했지 담 임 선생님은 어머니께 차분히 말씀하셨다고 했지 이 녀석 은 진학 포기하는 것이 좋겠습니다

돌아보면 삶은 희거나 붉었고 사랑은 뭉클하거나 멍들 었다 하지만 아직도 흰 면사포 같은 詩여 너는 수천 년 동 안이나 찾아 헤매던 완벽한 밤이다 원한에 사무친 아귀餓鬼

17

하나가 등짝을 바짝 붙이고 비뚤어진 그림자를 숨기는 막다른 벽이다

사는 건 온통 희고 붉은 노래

총각으로 죽고 만 나의 친구, 조선족 여인과 미래를 꿈꾸었다 중국 투먼圖們의 밤하늘 별을 노래한 아름다운 편지를 내게 보여주었다 내 사랑, 우리 결혼을 위한 공작은 잘 되어가나요

'공작'이 잘 안 되었고 그녀가 보내온 서류는 재혼 서류였고 상심한 나의 친구는 일본 도쿄에서 생선 궤짝을 나르고 하네다 공항에서 아이누족 아저씨들과 함께 잡역부로 일하다 돌아와 죽었다 녀석의 한 줌 뼛가루는 따뜻하였네라

오! 삶은 온통 희고 붉은 노래

비가 오실 때도 눈이 나리실 때도 내 마음의 거리엔 붉은 불빛 등들이 늘어선다

한 번씩 가보았던 리장 고성의 거리, 긴자銀座에서도 등불과 깃발들이 나부꼈다 프랑크푸르트 중앙역의 붉은 스프레이 "IRA the name of freedom"

이 홍등의 줄 어딘가에 나의 책가방을 앗았던 수원역의

그녀는 살았는지 죽었는지 기억이 하얗다

오! 삶은 온통 희고 붉은 노래

오늘도 희고 붉다 내일은 희고 붉을까

남자의 명상

여름 이파리
건들바람에
햇살 비늘 털며 춤추면
몸살 이마에 얹힌
얼음수건 같은
듬성한 옛날
시려서 나는 못 살겠네
나라는 게
훔친 속옷 같을 때
홑청 펄럭이는 옥상
어긋난 집게가
바람에 놓친
외짝 빨래로 실종되고픈 날
어머 세상에, 살아온 게 갑자기
몽땅 미안할 때
우체국 자동차 빨간 아랫도리
내가 읽어보지 못한
편지들의 하혈
아파서 나는 못 살겠네

차가운 나의 바깥으로
마음 난로가 토해내는 흰 연기
화장실 바닥 네모반듯한 타일의 공화국들
국경을 넘어 버려진 생리대
황혼의 갈기
신들이 뜯어 삼키는 핏빛 솜사탕

걷다

출판사 교정지 받고 갖다주고
차비가 없어서 은평구에서 홍대 앞까지
걸어 다니던 시절이 있었다
세계와 텍스트는 딱 그만치에 있었다
거리와 액수의 함수는 어려운 문제였고
거의 빵점이었던 수학의 도피처가 어쩌면 시
오! 生의 함수여!
걸어가면서 『수학자의 아침』의 김소연 시인이
자기 시나 원고료가 아무 소용없이
멀리 걸어서 출퇴근하는 남편이
너무 안쓰럽다고 한 말을 자꾸 되뇌었다
이상하게 그 말이 위로가 되었다
걸어 다니는 일이야 한강 다리도 몇 번 건넜다
몇 번씩이나 잠깐 세워둔 남의 자전거를 훔쳐 타고 내
뺄까 했지만
"수학자는 눈을 감는다
보이지 않는 사람의 숨을 세기로 한다"*
구절이 컴퍼스 침처럼 미간과 명치끝을 찔러서
말기로 하고

그저 희망과 야심의 말소된 페이지가 딕셔너리 넘어가
듯**
　　내 바짓가랑이 스치는 소리에만 귀를 기울여 걸었다
　　그때나 지금이나
　　세계는 딱 저만치에 있다
　　그때처럼 선선한 바람은 불고 타인의 그림자들은 무겁고
　　여인들은 빈 휘파람 부는 내 눈길을 피하고

* 김소연, 『수학자의 아침』, 2013
** 이상, 『날개』

마니산 편지

청주에서 가장 맛있다는 떡볶이집
좁은 탁자에 마주앉아
헤어지는 꿈 이야기하던 너는
落花年이라고 냅킨에 번지게 썼어
꽃이 떨어지는 해라니
무슨 뜻인지 몰랐어
어느 날 돌탑마다 눈물 뿌리며
나를 떠나겠노라 마음먹었다는
편지를 받았어
초능력 악당과 싸우는 판타지 영화
운석이 우박처럼 나를 향해 쏟아졌어
내 몸 넝마처럼 해어져 흩어지고
넋은 산산이 부숴져
가루가 되어 날렸지만
돌멩이 무덤에 묻히지 않고
살아서
탑사 또는 누군가의 적석총
돌무더기를 울며 헤매일 뿐야
넌 전화를 받지 않고

받아도 말을 미루었지
내일은 없는데
없어질지도 모르는데
버리지 않은 편지는 아프다

편지

천 년이 바뀐 2000년 설날에도 삶은 별로였지만 각자 월급 헐어 5만 원씩 무리해서 다시 오지 않을 것 같은 하루를 탕진하고 서로 탓하고 후회하면서도 재미있고 행복했잖아

여명에 가라앉은 어둠이 신발 위로 먼지를 일으켜 올리면 지하철 첫차로 가는 바지 끝을 털면서 나는 너를 위해 한평생 깨끗하고자 했고 나도 모르게 사랑한다는 말이 밤샘 술에 졸음 부르는 네온 간판에 스밀 때는 그래, 삶을 바꿔보겠노라, 잠들지도 꿈꾸지도 못한 넋들의 알아들을 수 없는 웅얼거림과 수도승 같은 머플러를 두르고 노점을 여는 새벽 할머니의 구부정하고 흐린 그림자에 대고 맹세했지

행복, 민주주의, 공화국 따위는 믿지 않아 다만 앞코가 둥근 구두만 보면 키스하는데 코가 거추장스럽다고 너스레를 떠는 옛날 서양 영화하곤 달리 코끝보다 먼저 도착한 너의 내민 입술 생각에 웃었고 몰래 눈곱은 떼고 난 피곤하고 붉은 안구에 혀를 한번 대보았으면 했지

고백한다 무언가를 사느라 편의점 계산대 앞에 서서 한쪽 무릎을 세우고 가방을 올렸을 때 껍질을 벗기자마자

검어지기 시작하는 날고구마 같은 네 옆구리 속살이 드러
났을 때 기뻤다는 것을

그때 같은 내 마음 쓸쓸한 네거리는 옛 시인 임화가
1945년 또다시 네거리에서 순이 생각을 할 때와 어쩌면
이렇게도 달라진 게 없는지 구식 면도칼로 조심조심 저며
야만 떼어질 생간 같은 기억들보다 더 뼈저린 것은 저녁
을 거르고 아삭거리던 평소에 잘 입에 대지 않는 구멍가
게 포장지 바랜 과자의 냄새

미래야 너는 왜 모처럼 눈부신 햇살이 아니라 알전구
희미한 낡은 건물의 응달 아래 내게 마지막 공중전화를
거는 거니

사랑이 강하고 굳센 것은 용감하게 아픈 날들을 돌아
보고 무너지는 가슴속을 들여다볼 줄 아는 까닭이며 정직
하게 후회하는 힘이며 한번 몰아칠 운명의 폭풍우 속에서
실컷 울어보기 위해서

다행이거나 불행했던 과거를 등지고 넘쳐나는 시녀를
뚝뚝 흘리면서 타오르는 해를 머리 위에 이고 너에게 돌
아가는 길 너는 나의 마지막 끊긴 길이야

함별순

수납 순번 대기하다가

전광판에 뜬 병원 노동자 이름 함★순

가운데 글자는 익명 처리지만 별처럼 내 눈에 띄었으니까 함별순

읽어보지도 못한 세계문학전집의 금박 이름 중에서 언뜻 크누트 함순처럼 보였다

볼온하고 음란한 이름과 제목들의 이종교배

절대바지를 입은 반지하제왕

굵은 악마 곧 세우마 금순아

함순도 별순 씨도 아니지만 공연히 얼굴 한 번 더 보고 세파와 중노동 한류 명품 화장기가 어여뻐 슬피 어울려 눈에 한 번 더 담고 약국 쪽으로 총총

만약에 별순 씨와 사랑에 빠지면 어떨까

정신 차려 이 테스토스테론 변종 새끼야

— 저, 선생님 심리적인 문제라는 걸 알지만 남성과 뇌혈관 문제가, 그러니까 음 그게…

— 불편하시면 약하게 처방해 드릴까요?

단 쪼개서 쓰시고 낯선 분과는 절대로 안 됩니다 부정맥이 심해서 심장에 부담이 가면 안 되니까요

— 예

괜히 미안하고 찔려서 별순 씨 쪽 뒤돌아보았다

오늘 함별순 씨와 만나고 헤어졌다

이탈리안 카페를 찾아서

나의 벗, 나의 동지, 나의 반려는 박복한 소녀였다
여성주의 상담가가 되기 위해 공부한 그의 소녀 시절
유일한 상담 선생님은 책이었다고
그의 자기소개서 교정을 보며 나는 알게 되었다
그의 생일과 나의 생일은 같은 달에 있다
뭘 갖고 싶느냐고 했더니 인터넷 주소를 보냈다
오래전부터 꿈꾸던 집이라고 했다
살짝 긴장했지만 집은 아니고 집 그림
그림 같은 집이라고 해두자
그런데 맙소사 쇼핑몰 열 군데를 뒤져 주문했지만
공급자 품절이란다
이름하여 이탈리아 카페
그린 사람조차
그 꿈을 팔려던 사람조차 포기한 꿈인가
현실 부동산이라 해도 꿈도 꾸지 말라는 법은 없는데
귀농을 꿈꾸면서도 이 악마구리 같은 도시에 길들여져
뱀 쥐 벌레가 못내 겁나 꺼리는 양가감정을 가진
이 한때의 전사이자 귀농을 꿈꾸는 여성주의 상담가
구제 옷가게 자리로 씀직한 1층이 있는 집과 텃밭의 꿈

이런 꿈을 알기에 나는 비슷한 집을 지날 때마다
그리고 일부러 가보자고 꼬드겨 눈도장을 찍어대곤 했다
뭣 하는 짓임?
visualization!*
설마 그걸 믿는?
사랑하는 그대여
나는 아직 믿네 사랑을 혁명을
하지만 나는 이미 믿지 않네 평화를 행복을
어디서도 찾을 길 없는 이탈리안 카페를 찾아 헤맬 뿐

* 시각화. 원하는 것을 거듭 보고 심득(心得)하면 마침내 갖거나 실현할
  수 있다는 명상 기법의 일종.

사랑을 묻는다

내가 너를 잃은 것은 한 사람을 잃은 것이 아니라
풍경과 바람과 냄새를 잃은 것이다
나를 살리는 빗소리를 잃은 것이다
너를 잃은 눈물 마를 날 두려워
물 닿자마자 푸른 녹이 슬 내 마음의 해치 열어젖히고
폭우에 젖던 시절도 갔다
혹시 못 알아들은 너의 말 있을까 봐
맞댈 가슴 없어 식은 심장으로
네 편지 글자들을 눈에 사금파리로 새기던 밤들도 지났다
반쯤 벌어진 입술로 피톨 사이를 헤매던 신음의 악령들
을 내뱉으며 이제 너를 마음속에 묻는다
물결에 비치는 햇살이면 충분한 것을
그 무슨 아름다운 바닥 보여주려
미친 듯이 흘러가는 이 삶의 강이 멈추고
세월을 헤아리다가 헤아릴 줄을 잊어버리는
무심한 뭍에 닿아서야 나는
네 사랑의 안부를 묻겠다

사랑할 때와 죽을 때*

죽은 사람 이름 뒤에 붙는 괄호 안의 숫자는
언제나 그렇듯이 시작과 끝
괄호 안에는 시간, 세월만 있는 게 아니고
마음이, 몸이 있을 테지만 늘 시작과 끝만을 보여줄 뿐
나, 그대, 우리는 언제 시작되었을까
둘이라는 병을 언제부터 앓았을까
우리가 사랑할 때와 죽을 때
사랑이라는 이름의 그 무슨 일과
언젠가는 끝나고 말리라는 슬픔이 차오를 때
괄호 속은 영혼의 가스로 가득 차 있다가 폭발해
마지막 날짜로 새겨지리라
버섯구름 속에서도 잘 자랐지만**
죽어가는 시든 풀꽃
사랑하면 무엇 할까
하지만 또 사랑 안 하면 무엇 할까

* 레마르크의 소설 제목에서 따왔다.
** 퀸, 〈Hammer to Fall〉 노랫말 중에서.

33

링거

내가 텅 비었을 때 그대 수액 채워주었어요
나 태어나기 전부터 사랑해준
하늘빛
공기
그런 불멸의 연인을 못 알아보고
마침내 하나씩 멀어져
마지막 물 한 모금 떠나버렸을 때
흐린 렌즈 너머에서
절망의 머리맡 찾아온
눈물 덩어리 희망 그대
예쁘기만 하고 무정한 간호사
총총 가버린 뒤에도
긴 잠
짧은 꿈
모두모두 지켜주었는데
왜 어느새
뱃가죽 등가죽 붙어버렸나요
미안해요
하지만 보이나요

빈 당신 속으로
이제 나의 수액 차오르는 것을

늑대비

살아가는 긴 연극 막간인가요
소나기, 햇살, 소나기, 햇살
소나기 커튼이
여기 하나 저기도 하나
멀리 겹겹이지만
다 보여요
쇠고기도 안 넣고
참기름에 데치지도 않은 미역국
속살에 번져 오른 그 물빛까지
소나기, 햇살, 소나기, 햇살
변덕이지만
나는 오줌 가리기 전 아이처럼
팬티가 젖고 또 젖고
마를 줄을 모르겠어요
나를 당신 안에 집어넣고
소금 간만 조금 해서 끓여줄래요

애자

날 용서해요
음화陰書의 주인공처럼
자릿자릿 행복한 줄로만 알았어요
내 정수리 위를 하얗게 지켜온 순결한 절연
왜 나는 새까맣게 몰랐는지

영란

그녀의 이름
가난하고 아름다웠던 때의 이름
그때 싸움을 했다네
권력과 싸움이고 내 안의 굴종과 파시즘과 싸움
책 편지를 받았네 감옥에서 통방이라고 하는 것
면지*에 손톱으로 눌러 새긴 편지
'○○ 사동 ○○○ 동지 독방 끌려감 단식투쟁 예정'
한양대학교 앞 한마당 서점지기였던 나
그녀는 건대 앞 신새벽 서점지기
행당동에 노을이 깔리면 어디선가 울려 퍼지던 노래
〈홍콩 아가씨〉
이 꽃을 사가세요, 그리운 영란의 꽃
서울 성동구 행당동 한양대 정문 건너편
서점지기의 밥 사발면
신출귀몰 임종석 의장님 동정이 교내 방송으로 바깥까
지 울려 퍼지고
가무잡잡한 평안도 소년 리영희 선생님이 불쑥 들어서
면 겸연쩍게 감추던 사발면
없는 책 갖추러 놀러 갔다가 사랑에 빠지고 만

건대 앞 신새벽 서점 영란 씨도 좋아했던 사발면
그 입술에서 맛보기도 한 스프 맛
그 사랑 깨진 날에 눈 펑펑 오는 행당동
〈홍콩 아가씨〉는 울려 퍼지고
그리운 영란의 꽃이 무슨 꽃인지도 모르고 눈물 흘릴 때
소주에 곁들이던 사발면
밤빰빠 빰빰빠 밤빰빠바바
임종석 의장님 여장 신출귀몰에
난데없는 홍콩의 밤거리 전투경찰은 내 아픈 가슴 아랑
곳없이 검문해 뒤지고
　비틀비틀 그만 하수구에 토하고 말았던 사발면
　눈물 펑 도는 사발면

사랑을 했다네
책 편지를 받았네
'아미자** 재고 있으면 세 권만 꿔주세요'
옆 가게 꽃집에서 장미 한 송이를 외상으로 가져다 책
과 함께 보냈네
면지에 수줍게 써 넣었네

'그대라는 섬에는 돌아올 배가 없었으면 좋겠어요'
며칠 후 정말 돌아오지 않았네
싸웠네
사랑했네
책 편지를 썼다네
그때에

* 책의 표지와 본문 사이에 끼우는 종이.
** 책 제목. 『아무도 미워하지 않는 자의 죽음』.

꿈 주차장

언제 적 꿈에 세워두고
잊어먹은 차를 찾아 헤맸다
반짝반짝 입술에 들러붙는
달착지근한 사탕 가게들
낡은 기와를 닮은 과자 가게를
지나는 길을 한참 걸어
흐리고 어둔 주차장을 찾아냈지만
없었다
언제 왜 왔는지 모를 삶의 항구
꽃씨 흙먼지 날리고
닻은 무겁고
꿈은 깨지고

봄喪

마음의 상여 나가네
비 내리면 나는
너 깨끗하게 비질해놓은
빈방 밟는 흙발 되겠지
달랑 5만 원짜리
짐차 떠나네
나는 한겨울 아랫목
이불 밑에 숨는 지저분한 손처럼 행복했네
못다 사랑한 고문拷問
앙갚음하는 눈부신 햇살
오랜만이다 온몸에 꽂히는
탄환 같은 비
기다렸다 인생이 이렇게 세차게
내 뺨을 때려주길

세월 막잔

물의 편지를 콸콸 받았다
얼굴을 씻다 눈 감으면
빠져 죽은 이들의 유서 글씨가 보인다
4조 3교대 미드나잇 노동자들의 퇴근 물결
양초로 쓴 불멸의 말
비누같이 미끄러운 슬픔
가만히 삼키는 갈색 감기약
흔들리리라 비틀거리리라
덜컹대는 열차에 몸 실은 구체관절인형처럼
기록하지 말자 읽지 말자
살아 있는 것은 무조건 아름답다

고백

모두 잊는다 해도
기계 소리 때문에 들리질 않아요
공장 라인에서 그녀가 말한다 해도
사랑한다고 말하세요
허공이라도 기억합니다
기억했다가
어느 외롭고 쓸쓸한 날에
어디에선가 나무가 속삭여줄 거예요
오오! 사랑한다고
모조리 묻혀도
물소리 때문에 안 들려
변두리 여인숙 욕실에서 그녀가
말한다 해도
사랑한다고 말하세요
콘크리트 벽이라도 기억합니다
기억했다가
추운 겨울 웃풍에 싸늘히 식은
알루미늄 섀시에 소스라쳤다가
오오! 따끈한 살갗에 안도하듯

어느 스산한 골목 삭풍이
뒷덜미를 서늘하게 할 때
웬일인지 온통 실내가 새카만
돼지갈빗집에서 새어나온 훈풍처럼
귀에 따스한 입김이 되어
스밀 거예요
사랑한다고

밤의 사내

스무 살을 넘기면 죽을 준비를 해야 한다는 개떡 같은 노자* 말씀

오래간만에 비를 맞고 시름시름 팔베개를 하고 누워보니 그 말씀이 옳다

먼 별에서 쏜 화살이 너무나도 오래 날아온 힘의 마이크로 바늘 같은 게 되어 우리 뺨을 조금씩 파내는 것이다 못 느끼거나 따끔할 뿐이지만 늙어가고 죽어간다

그렇게 별빛에 얼굴은 여위고 정다웠던 사람은 떠나는 것이며 영혼의 입자를 화폐와 불균등하게 바꾸는 한 인생 지나간다

고적한 일요일 밤 술집 기척 없는 뒤를 돌아보니 반 넘어 남은 생맥주 거품은 아직도 올라오는데 흰소리하며 흐느끼던 사내는 사라져버렸다 떠나려면 저렇게 떠나야지

* 도덕경을 썼다는 노자 말고 路子 즉, 노숙자.

46

시냇가 밀물

파도가 버거워진 나이가 되었나
자갈이나 모래 해변에
그저 스미는 밀물을 사랑하게 되었다
소리 없이 흔적도 없이
젖던 순간만 있고 기억마저 사라져버리는 그런
사랑은 흐릴까 허무할까
어딘가에 살짝 묻기만 해도
유채색을 상상 임신하는
순진한 잿빛인 양
나는 받을 수 없어요
영원히 사랑한다는 언약,
물 빠지고야 말 곳에 머무는 닻의 노래만은

예쁜 여자를 만나는 법

이 메트로폴리스의 전설 중에 예쁜 여자란 여자는
감쪽같이 잡혀가 강의 남쪽 밤의 궁전에서
술과 눈물과 정액만 마시면서 모여 산다는 이야기를 들
은 적이 있다
옛 제국처럼 으리으리한 철갑의 문을 부수고
벼락 강궁强弓으로 사천왕 같은 경비병들을 처치한 다음
길고 꼬불꼬불한 지하 계단을 지나 발가벗겨져 뒤로 묶
여 매달린
너를 구해내는 헛된 꿈도 꾸곤 하지
하지만 나는 전사도 아니고 무기도 없다
물론 자지와 테스토스테론을 타고났고
이 도시의 약육강식을 배겨내는 훈련을 받았지만 말이다
그보다는
창과 화살을 피하며 천신만고 끝에 열어젖힌 회랑의 끝
방에서
네가 적의 털북숭이 가슴을 애무하며 엉켜 있을지도 모
른다는 게 두렵다
건장한 적의 무사들이야 어떻게든 이겨내겠지만
가장 무시무시한 것은 믿지 못하는 내 마음

파산해 버림받은 나의 친구

중국 지린성 투먼圖們의 밤하늘 반짝이는 별을 편지에 그려 보낸

마음씨 착한 조선족 여자와 결혼하겠다더니 마지막으로 날아온 결혼 서류가 재혼 서류

상심 끝에 도쿄 어디선가 생선 궤짝을 날랐지

쓸쓸한 무명 음악가 나의 친구 한남동과 강남을 배회하며

새하얀 피부, 깊고 푸른 눈의 러시아 미녀를 만나기 위해

이렇게 저렇게 끌어댄 돈 막을 길 없어 쇠고랑을 차기도 했지

어리석은 새끼들 하지만 미워할 수 없다

너희가 찾아 헤맨 것이 예쁜 여자만이겠니

세속 전투에서 날아간 팔뚝 상처가 너무 아프고 공허해서

포옹하는 환각의 두 팔을 그리워한 것 아니겠어

슬픈 테스토스테론의 변종들이여

내가 귀띔해줄 게 예쁜 여자 만나는 법

육교를 건너 좁은 시장길

여름이나 겨울이나 똑같이 알록달록한 차양들 할머니

들 좌판을 지나

황금잉어빵 장수와 생전 듣지도 보지도 못한

브랜드의 청바지 가게 사이로 들어가라

브래지어와 팬티 묶음이 가득 찬 상자가 유난히 통로까
지 삐져나와 있는

골목 끝에 큰길이 보이고 바로 버스 정류장이 있다

날마다 저녁 여섯 시면 나타나는 여자가 한 사람 있다

세월이 흐르고 사람은 바뀌고 새로 생긴 정류장은 수백
군데지만

내 마음속에 단 하나 이 세상에서 제일 예쁜 여자다

곧 매캐하면서도 달콤한 매연을 남기며 그녀가 탄 버스
는 떠나갈 것이다

주의할 것은 그녀를 따라 버스를 타서는 안 된다는 것
이다

요금 단말기에 지갑을 대는 순간 이런 소리가 들릴 것
이다

— 환상입니다

이제야 알겠니 예쁜 여자 만나는 법

종신토록 정류장에 서서 강의 북쪽으로 돌아오는 사람

들 중에

　단 한 사람을 기다리라는 말이다

　동전을 구걸하는 폐인이 되어 네 남근마저 고개를 숙였
을 때

　눈을 들어 그녀를 보라

　그녀가 삶을 갈아타거든 그때 따라 타라

　이런 소리가 들릴 것이다

　― 환생입니다

애인

가누지 못하도록 몸져누웠을 때
그냥 보다가 잠들라며 좋아하는 한 편의 영화를 틀어주는
사랑을 아직 꿈꾼다
이미 이루었다
술에 취해 도로 복판 교통섬 화단에서 잠이 들었다가
유행 독감에 걸린 빙충이를
윗바람 손아귀에 모아 밤새 이마를 쓸어주고
찬 수건으로 식혀주고 물을 먹여 살렸다
열에 혼미해져
꿈인지 생시인지 어사무사한 애인과 결혼했다
누군가 아플 적에 보고 싶다고 꿈꿀지도 모르는 영화
이 사랑의 역사

감곡*

감곡엔 아무도 살지 않고 오직 당신만 살지요

솔직히 말하자면 스쳐 지나가는 이정표지만 조용히 발음하면 당신 이름 같고 당신 엷은 감빛 살냄새가 나서

꼭 기억하자고 마음먹지만

덩치 큰 트럭이 수십 번 눈앞을 가리고 지나가면 금세 잊어먹고 말지요

망상이 걷히면 당신 혼자 사는 곳 같은 건 이 세상에 없다는 걸 깨닫게 되고 그게 조금 사무칩니다

감곡에도 차창에도 어디에도 없는 당신이지만

오늘도 감곡을 지나쳐 왔어요

보고파요 사랑해요

* 충청북도 음성군의 한 지명.

순두부의 사랑

마흔 살 넘어서까지 민방위 대원이었다
유령 같은 적을 막겠다고 혼령들처럼 새벽에 깨어
어슴푸레 학교 운동장에 모여든다
사내는 어디로 가고
아내 또는 딸이 허벅지에나 맞을 것 같은 완장을 헐렁
하게 차고 서 있다
새벽의 사내들은 삼삼오오
김 나는 순두부 리어카에 모여 있다
이름 짓기—
하느님은 사랑(요한의 복음서)
여성주의는 사랑(천안여성의전화)
기억하노니
미아리 대지극장 골목 순두부집에서
밥 먹고 수유리 사일구탑 꽃그늘에서 첫 입맞춤,
여인숙에서 싸늘한 알루미늄 섀시에 소스라치며
젖꼭지를 거쳐 뽀루지 난 등과 엉덩이를 지나 샘을 빨
아먹던 그녀는 사랑이 맞다
순두부는 틀림없이, 어김없이 사랑이다
꿈꾸었다 약대생 그녀와 맺어져

새벽에 흰 장갑을 끼고 셔터를 주르륵 올려주고 와서
다시 곯아떨어지는 꿈

　아마 취해서 그녀를 민방위 소집에 들여보내고 순두부
리어카 주변을 어슬렁거릴지도 모를 일이다

　거대한 운명에 뒷덜미를 잡힌 혼령처럼

시월의 별

드넓은 안드로메다 이웃에
먼 옛날부터 빛나는 페르세우스자리
곁에는 알골이라는 별의 동네가 있다
뭇별과 사람들은 그 별이 빛깔이 변하는 악마의 별이라
고 불렀다
별 보다 기억이 도졌다
스무 살에 만난 외대 여학생 따라 이문동 술집서 마셨다
우리 학교는 경희대 화장실이라고 불려요
왜요 뭐가 어때서
작고 누추하다고요
영악한 난 경희대 교정을 걷자고 그녀를 이끌었다
짝퉁 코린트 도리아식 기둥 사이로 얼굴을 씻어주는 바
람, 적당한 볕
그녀는 아름다웠다
시월의 별이었다
친구 녀석은 군대에 가기 싫어
데모를 할 때면 가뜩이나 좁아 보이는
외대 정문에서 눈에 잘 띄라고
흰 양복을 입고 불꽃병을 던졌다

녀석, 악명 높은 성북서에 잡혀가서

쥐터지기만 하고 여전히 현역입영대상

하다하다 매일 술 처먹고 손가락 넣어 토하고 살 빼다

가 젊은 놈이 심부전을 얻었다 성공했다

그때처럼 하늘 높고 바람 불고 볕은 따스하고

어쩌다 낮별도 없다

시월의 별 그녀도 없다

이제 밤이 오면 악마의 별이든

시월의 별이든 볼 수 있을까

안개 연구*

아름다운 페이지들은 넘어가고
바람이 찬 세월은 가도
마음속 등불과 창공의 별은 반짝이네
생이여 사랑이여
언제까지나 또렷하기만 하지는 말고
때로는 어슴푸레하기를
美しいページは越えて
風が冷たい歳月は行っても
心の中のランタン
広がりの星は光沢ね
生よ愛よ
いつまでも鮮明だけではありませず
時にはぼかしすることを

* 본디 일본어로 쓴 시다. 역사학자 나가사와 유코(長澤裕子) 선생님이
예쁜 꽃나무 우거진 (일본) 국회도서관의 풍광과 후지산, 오리온 별자
리 사진을 SNS에서 보여주어 고마운 마음에 지어 드린 것이다.

2부

속도의 용기 또는 용기의 속도

투명한 귀가

달빛 대신 로마숫자 시계탑 불빛을 길잡이 삼아 집으로
돌아오는 길

주소 불명이라고 돌아온 편지를 '불투명'이라고 잘못
읽었다

투명하거나 투명하지 못한 집과 삶이라도 있다는 것
일까

모든 게 들여다보이는 유리집을 꿈꾸는 불면증 환자*
가 검은 그림자를 일으킨다

주소는 불투명하다 어쩌면 국적도 그럴지도 모르고 지
도 위에도 없다

어머니는 私生인 나를 걱정하시고

피와 뼈의 이 연옥에서 가무잡잡한 살갗의 여인과 짝을
지우면 어떨까 하셨다

어차피 지금 지상에는 없는 나의 구릿빛 신부 살을 그
리며

로마숫자 시계탑 아래 터덕터덕 집으로 돌아왔다

그렇다면 公生은 어디에 있을까

욕된 왕조의 후예**일망정 公生이 되고 싶지만

어차피 우리 모두 난민 아니면 아나키

시인, 철딱서니 없는 흡혈귀

* 토머스 홉스, 『군주론』.
** 윤동주, 「자화상」.

일곱 개의 별

살면서 딱 한 번 열상조준경이라는 걸 들여다본 적이
있습니다
황량한 별의 표면에서 체열 같은 것으로
살아 있는지 알아본다는 건 참 재미없고 쓸쓸하기 짝이
없었습니다
무엇보다 적이 없었고 어렴풋한 짐승들뿐이었죠
따스함이 없으면 곧 죽을
사람이라는 짐승이 체온으로
적과 벗을 가늠하는 지구별의 시간입니다
불면의 밤이 지나고 아직 캄캄한 새벽에
이미 도착해버린 여행자의 고독은 여태 형형한데
가까운 지평선 북두칠성이 보입니다
창밖으로 보이는 가로등이지요
꽤 밝고 일곱 개입니다
언뜻 피사체를 주검의 빛깔로 보이게도 만드는 불빛이
지만
제겐 위안과 희망의 북두칠성
그럴 리는 없겠지만 몇 뼘 떨어진 북극성 쪽엔
상엿집 같은 흐릿한 불빛의 창이 있습니다

그래요 맞아요, 차를 달릴 때
캄캄한 어둠의 숲속 드물고 듬성한 창의 불빛
외롭고 무서워 어찌 살까 하던 바로 그 불빛
사람이 죽고 마음이 죽고 온 세상이 죽어도
사랑할 용기를 내고 또 살아갈 이유를 주는
새벽부터 길 잃고 비틀거리는 사람의 길잡이 가로등
고마운 북두칠성입니다

진혼가

나 마흔에
바닷가 정유공장 칼럼에
개미처럼 오르는 노동자들을 보면서 살맛을 느꼈다네
나 오늘
먼 산 아래 흰 연기를 뿜으며 밭고랑을
지나는 콤바인을 보면서
기쁘고 저릿한 희망을 보네
허리 분질러진 자본주의 반도 남부에서 쏜살같이 살았
지만
나야 공중급유기처럼 사랑과 연민을 만재한 고마운 이
웃 인민들 덕분에 무탈히 천천히 피안으로 가지만
불쌍해서 어쩌나
사는 거야 어차피 혼자일지언정
만인과 만인이 투쟁하는 이 지옥에서나마
잠시 쉬지도 놀지도 못하고
짝도 없이 저승길 가는 넋들아

집으로 가는 길

추계예대 가구상가 건너편
쓰러져가는 홍등가 사잇길을 오르면
마포여고로 넘어가는 길
회사에서 잘리고
그 길을 구치소에서 사발면 상자를 밥풀로 붙여 만든
독서대를 목에 걸고
두 손에는 책 보퉁이를 들고 집으로 갔다
시인 하재봉 선생이 노란색 이클립스를 타고 쏜살같이
달리던 길
쓰라린 시절
그에게 원고 청탁 전화를 걸었을 때
들려오던 자동응답기
엘라 피츠제럴드 노래처럼 젖어든 시간
사랑했고 죽을 뻔했고 기쁘고 슬펐다
아직도 걸어가고 있는 길
그대는 오래전 이미 도착한
집으로 가는 길

배를 띄우는 두 가지 방법

현명한 선원에게도, 늙은 해적에게도
전해 내려오는 이야기가 있다
바다의 힘을 얻으려면 갈라져야 한다,
만선으로 돌아오려면 정 깊은 부부도 잠시 헤어져 있어
야 한다는 뜻일까
별리의 무시무시한 슬픔이
밀물의 힘이 되어 내륙으로 닥칠 수 있다는 뜻일까
그대 바다에 배 띄우는 법을 오래 몰랐었네
내 안에 바닷물을 채워서 띄우기
나로부터 그대를 향해 궤도를 내어
미끄러져 들어가기
두 가지 법이 있다는 건 알았지만
그대라는 섬에는 돌아올 배가 없었으면 했지만
두 개의 악을 모으기보다는
두 개의 선으로 갈라져 있는 게
낫다고 믿기 때문에 망설였지만
푸르고 흐르고 무정한 바다
우리 사랑엔 인어도 천사도 악마도 없으니
어떤 해적도 새겨본 적 없는

단 한 번 火印을 바라네 그대여

외할아버지 토기

울 어머니의 아버지,
김해에서 태어나 부산상고에서 공부하고 어른이 되어
서는 무진회사 김해 지점에서 일했다
독립운동가는 아니다 친일 부역도 아니 했다
돌을 모으는 취미 끝에 도자기 토기 따위를 모았고
해방 후에 서울로 옮아와서 인사동에 골동 가게를 열었다
첫 결혼에 실패하고 친정으로 돌아온 엄마,
나는야 인사동 할아버지 옛날이야기를 듣고 자란 인사
동 키드

가게엔 토기들이 모여 살았다
회색 살갗에 막 생긴 것만 같은 눈코입의 식구들
백제나 가야 것은 귀했고 거의 신라 것이었다
월급 쪼개 어렵사리 수집가 명맥을 잇는 월급쟁이 손님
들은
흔하고 싼 신라 토기만 찾았다
하여 옛 왕조가 아니라 옛 민초의 그릇이
외할아버지, 할머니, 어머니, 나를 먹이고 살렸다

어느 날 옛날이야기

욱아, 너는 엄마 성을 받아서 니캉 내캉 마카다 홍씨지만
너는 아비 따라 경주 김씬기라
옛날에 김수로 왕이 살았다
넌 어려서 모르겠지만 수로 왕이 부부 잠자리를 할 때
어찌나 큰 소리가 났던지
누군가는 소가 끄는 커다란 쟁기가 밭을 갈아엎는 소리
가 났다고 하고
누군가는 우레 소리가 난다고 했단다
난 어렸지만 어렴풋이 느꼈다 그리고 훗날 어른이 되어
알았다
그것이 먼 옛날 농부들이 다산과 풍요를 빌던 기도라는
것을

할아버지는 돌아가시고 나서
한동안 피를 철철 흘리는 끔찍한 모습으로 꿈에 오셨다
난 무서워 화를 냈다
아니 산 사람이 좀 살도록 해주셔야지 와 그라시능교

오래 오시지 않다가 어느 날 오셨다 멀끔한 서양 신사
의 모습이었다

세파에 찢기고 아플 때

세상에 대해 억하심정이 넘쳐날 때마다 들려오는 외할
아버지 말씀

욱아, 안 그란다

오늘도 떠오르는 할아버지의 회색빛 토기

그 힘을 먹고 산다

시

시의 마음이 차오른 것인지
차오른 김을 담배 연기로 빼내고 술로 희석하지 못해서
인지
욕망과 회한이 들끓는다
고이지 않는 시
흐르지 않는 마음

애도

일요일의 티브이는 쓸쓸했다
되감기는 나의 카세트테이프도 우는 듯 삐걱거렸다
아흔 살 잡숫고 아기처럼 쌔근 주무시는 장모,
고양이처럼 갸릉거리며 잠든 강아지,
모든 지상의 비극과 연민,
모든 싯다르타의 고단한 얼굴 위로 번져가는 늦여름을
애도함

어둠의 빅뱅

위성이 찍은 지구의 밤에는 별이 반짝인다

사람이 사는 도시들이다

사람들은 지상에서 별을 보고

밤하늘 별들은 자신과 비슷하지만 어딘가 이상한 짝퉁
별을 내려다보는 것이다

먼 옛날 마야의 달은 해보다 밝았다고 한다 어느 날 해
보다 눈부신 달의 여신을 질투한 남성 신들이 달의 여신
에게 토끼를 안겨 밝기를 누그러뜨렸다 도시의 불빛이 별
빛을 시기해 흐려놓듯이

이리하여 캄캄한 밤이 별빛의 구세주가 되었다

사람도 밤에 사랑을 하게 되었고

밤을 흠모하고 밤에 묻히는 이야기가 유령처럼 떠돌게
되었다

유령거미

가령 어둠의 핵심에 자리 잡고서
있는지 없는지조차
희미한 유령거미라면
굳이 사랑을 구하려
눈코입 돈을새김하거나 빛날 필요는 없으리라
나무처럼 고독의 맹수
등 돌리면 못 견디는 우리와는 종이 다르다
종종 눈앞에 드리워지는 반짝이는 은빛 거미줄
가로놓인 과거
흐느끼는 상처
가장 어둔 구석에 깃들이고자
안쓰럽고 주린 마음만 짐 꾸려서
얼굴 지워지다시피 밋밋한 얼굴의 여인숙 주인을 따라
낯선 낡은 방 삐걱거리는 침대에
몸을 던졌다 치자
단 한 번 이름 부르지도 불리지도 못한
가없고 가여운 사람 목매단 방에
벌거벗겨져 그야말로 거미줄로 묶여
성냥개비로 두들겨 맞는다는

시시한 농담

쓸쓸한 휘파람이라도 좋으리라

먼지는 곰팡이를 탓하지 않는다

호랑이는 결코 스스로를 가엽게 여기지 않는다

함부로 불을 켜서 놀래키거나 깨워선 안 될

고독의 맹수 유령거미

이름만 집유령거미인 당신은

집도 없고 집을 짓지도 않으리라

가령, 설사

소나기

소주나 라면을 사러
편의점 다녀오는 짧은 길에
눈이 나리거나
소나기 오는 날에는
모퉁이가 생긴다는 걸 아시나요
오늘 소나기에야 저는 알았습니다
무지개의 약속도 없이 캄캄한
빗물 스민 등허리가 섬뜩해서
따뜻한 살이 그립습니다
어린 날에 소녀 인형 사타구니를
들추었다고 엄마한테 빗속으로 쫓겨나
울다 울다 따스한 방앗간 기계에 볼을
갖다 대면 울음 딸꾹질이 겨우겨우 가라앉았지요
그런 모퉁이를 그리지만
함석 빗물받이만 눈에 띕니다
떨어지는 빗물 아우성만 귓전을 때리고 눈조리개가 흐
렸다 닫힙니다

꿈 주차장

언제 적 꿈에 세워두고
잊어먹은 차를 찾아 헤맸다
반짝반짝 입술에 들러붙는
달착지근한 사탕 가게들
낡은 기와를 닮은 과자 가게를
지나는 길을 한참 걸어
흐리고 어둔 주차장을 찾아냈지만
없었다
언제 왜 왔는지 모를 삶의 항구
꽃씨 흙먼지 날리고
닻은 무겁고
꿈은 깨지고

유엔성냥

반세기 전 전쟁터였던 이 땅의 여름날
유엔이 고마운 줄은 통 모르겠고
그저 유엔성냥에 그려진 사람과 개의 그림자만이 기억
난다
창가에 앉아 어항에 낚싯줄을 늘어뜨린 사람
스핑크스처럼 앉아 그걸 지켜보는 강아지
우리 여름이 다만 그런 그림자 연극이었으면 얼마나 좋
을까
자칫 한 번만 그어도 성냥통이 통째로 불타올라 터져버
리고 말 텐데
태평한 두 그림자는 그걸 감싸고 있다
진짜 유엔과는 정반대의 평화가 한여름 그늘처럼 그려
져 있다

개고독

희고 검은 것만 본다는 개는
창밖에서 무얼 보는 걸까
끓어넘치는 쇳물
무너지는 강철 더미 속에서도
외로운 사람은 살아남지
외로움은 살아남는 힘
그래도
외롭지 않으면 모른다는 말은
헛소리
죽을병인 줄 알면서 외로운 사람은
제 살길은 몰라도 사랑을 안다

다정도 붉은색

나 어릴 적 할아버지의 책장

일본인들이 못 하나 없이 나무 쐐기만 갖고 짠 명품 책
장에

월탄 박종화 선생 다정불심인지 정비석 선생 다정도 병
이런가인지 꽂혀 있었다

베트남 거리에서 시장에서 상인, 노동자 아저씨들이 너
도 나도 쓰고 다니는 베트콩 모자

그러니까 구 북베트남 군대 모자의 붉은 별이 어쩌면
그리도 다정다감해 보이는지 몰랐다

그들이 얼마나 용감하게 잘 싸웠는지

프라모델 1/35 스케일의 병정 시리즈에는 독일군과 미
군 말고도 월맹군이 있을 정도였다

하나 사서 쓰고 올까 하다가

괜히 파월 용사인지 양아치인지 모를 자들한테 맞아 죽
을까 봐 말았다

모자는 못 샀지만 마음속으로 하나 배웠다

적어도 앞으로의 사회주의는 백마 탄 영웅보다는

꼬질한 알철모를 일할 때나 밥 먹을 때나 쓰고 다니는
아저씨 또는 할아버지의 구슬땀 흐르는 이마께에서 빛나는

다정다감한 붉은 별 같은 것이어야 하겠다는 생각을 한다
다정의 색깔은 붉다

9월엔

시인의 벗은 시인
가만히 보면 모두가 시인
여름 끝자락
소슬바람에도 시인을 만난다네
루미, 라이너 쿤체(전영애 옮김),
사이토 마리코, 안토니오 마차도,
근 10년 만에 김명기 시인
돌아갈 곳 없는 사람처럼 서 있었다
에즈라 파운드(펭귄클래식),
넬리 작스(주어캄프)를 만난다네
누구보다 나를 시로 당기고 꼬드긴
라이너 마리아 릴케
기억해냈다네, 책세상 시전집 두 권을 엿 바꿔 먹었다는
것을
언젠가부터 나를 시인으로 이끈 전설의 시제
"밤이여 나뉘어라"
정미경 소설가, 윤이상 선생 모두 돌아가고 스러진 자
리로
아우슈비츠를 가까스로 피한

넬리 작스가 온다네

벗은 시인에게 시인의 벗이

신륵사

여주 나루에서 강 건너 신륵사를 본다
쇠락한 관광호텔의 바래고 벗겨진 칠이
쓰레기장에 버려진 인형 같다
태조 이성계가 신덕 왕후를 위해 세운 회암사가 사림
손에 불탄 뒤 나옹 선사가 깃들었다 돌아간 절이다
부처 믿기 싫어서가 아니라
전 왕조의 땅과 권력을 탐했던 자들처럼
국민의힘인지 국민 빨대인지가
종부세 폐지 악을 쓰는 현수막만 나부낀다
가난한 집 아이 인형을 빼앗아버리고
북녘 개라고 차라리 버리려고 마음먹은
인간 망종의 무리
찬바람은 갈대를 빗고
빈 나루에 녹슨 스크루 달린 기형 돛배만 버려져 있다

버스 정류장에서

사랑할 때부터
앉아서 기다리지 않았네
그렇게 기다리질 못했네
그대 멀리 가버릴까 봐서도 아니고
내 마음 달아날까 봐서도 아니었다네
입에 욕설 한 마디 푸념 한 모금 머금고
오지 않는 버스 기다리는 게
우리 삶이고
시간은 어느새 가슴에 시 한 소절 품게
되었지만
사랑에 대해서만은 아직도 나는 서성이네
심장을 검사하러 나선 길
열어보진 않겠지만
나는 의사한테 물어보려 하네
아직 사랑을 서서 기다리는
이 마음은 어디 있느냐고

농구공 탕탕, 내 아들

― 아빠, 뭐 하는 거야, 그것 하나 못해?
왜 세상을 뒤집지 못해?
― 한국엔 길거리 농구장이 드물잖니
미국이 아니야
― 슈발, 농구는 미국에서만 해?
내 가슴팍에 폭탄 같은 공 안기는 아들
인생을 걸고
쓸데없이 아무 데나 침 뱉지 않고
단 한 사람 짝을 위해서가 아니면
진액 흘리지 않고
침묵 속에서 불을 지를 줄 알고
불 질렀다 후회도 하고
몇 십 년 제 청춘을
젖어 식은 재처럼
주저앉을 줄도 아는 내 아들
어떤 하나의 가치
사람이든 짐승이든 뭐 하나
사랑하느라 미쳐
죽을 수도 있어서

부모를 통곡하게 하는 아들
인생을 걸고
목숨을 걸고
혼자만 튀어 잘 사느냐
더불어 사느냐
요철凸凹의 기로에 섰을 때
자만의 돌출부를
스스로 거세할 수 있는 용기의 아들
약수터에서 머리를 감는가 하면
고 노무현 대통령 무덤에 분뇨 끼얹자는
인간 말종 집회나
우익 집회에서 작대기나 휘두르는
개양아치 환갑은 절대 맞지 않는
유혹을 기꺼워해도
한순간 눈을 빛내며
삶을 바꿀 줄 아는
청년 마르크스 레닌 같은 내 아들
농구공 탕탕
인생 전체가 초라해지고

수세에 몰릴 때
죽고만 싶을 때
스스로 어깨를 끌어안고 흐느낄 줄도 알고
무술을 배워
어디 가서 힘자랑은 않지만
제 발로 오는 싸움 손님은
섭섭잖게 대접해 보낼 줄 아는
기념비 아니라 잡초 무성한 묘에
고개 숙일 줄을 알고
숙취의 아침에
버터 칩 빵을 구워주는 아내의 입속을
감자탕 뼈 훑듯
깊숙이 빨아먹을 줄도 알고
성범죄자 화학적 거세 촉진법을 발의하고
반대하는 법조인 정치인 새끼들한테
오줌벼락을 안겨줄 수 있는 아들
나 같지 않은 아들
자기 같지 않은 아들 낳는
그런 아들을

또 낳고 싶다

만다라와 장미

한 해의 끝입니다
오방색 만다라를 들여다봅니다
장미 꽃잎 속을 하염없이 들여다봅니다
우물 같기도 하고 샘 같기도 하고
함정이 숨은 것 같기도 한 미로를 돌아 미끄러지고 빠
집니다
장미 속을 들여다보고
당신의 바깥은 이불 밖처럼 얼마나 추운지
얼마나 위험한지 깨닫습니다
치받치던 노여움도 가시고
아름답고 안타까운 것들은 스러질 테지만
다른 이를 아프게 한 모든 기억과
내가 몹시 아팠던 기억 위에도 빨간약을 붓습니다
따갑고 쓰립니다
잘못했습니다
세상은 여전히 활활 타오르고
칼바람에 가난한 노래를 부르는 이들은 지상에서 도려
내집니다
젖어 식은 재만 남았습니다

누군가는 남의 행복을 훔치지만 저는 당신의 불행을 훔쳐서 미안합니다

하지만 곧 새날이 옵니다

일 미오 스파지오Il mio spazio

새벽에 쓰린 속 부여잡던 세월 가고

情死도 마다 않는다는 새빨간 거짓말

흐드러진 정사에서도

깨어나 다시 살펴보았더니 나의 작은 방

맴도는 사랑과 증오의 말들

프랑스인과 이탈리아인이 무슨 불구대천의 원수인지

영문은 모르지만

MAFIA*

그리고 순천에도 있고 천안에도 있는 이태리 식당 스파

지오

일 미오 스파지오

비티에스 노래 가사에도 나오는 스파지오

마침내 사전이 가르쳐주었네

나의 공간, 내 방이라는 뜻을

핏빛 진로 포도주가 와인 대신 나오던

언덕 위의 순천 스파지오

우리 달착지근한 인생

여관방 커피믹스 핏빛 포도주

그래도 아모레 아모레 아모레 미오

어디든 언제나 타향
그래도 일 미오 스파지오

* '프랑스인의 죽음은 이탈리아인의 외침'의 줄임말.

불안과 비스킷

어릴 적 무서운 축구 선수였던
에우제비우의 나라 포르투갈의 시인 페소아의 불안을
비스킷으로 잘못 읽었다*
날 이뻐했고 당뇨 합병증으로 눈멀어 돌아가신 이모 생
각 때문이었을까
이상한 난독증
그럴지도 몰라
부산행 기차에서 이모한테 약속했다
핫도그를 꼭 반 남겨서 줄게요
까맣게 잊고 빈 꼬챙이만 남고 말았지
외할머니한테 급식 빵을 남겨 오겠노라고 했다가
금세 맘이 바뀌어 빈 도시락만 갖다드린 그날 할머니는
돌아가셨다
욱아 내 먼저 간다
사랑하는 식구는 죽어도 무서운 귀신이 되지는
않으리라 믿었지만
빵 과자를 혼자 먹어치운 욕심이
유령 비스킷이 되어 까마귀 고기로
변해버렸을까

우리나라를 영패시킨 무서운 에우제비우의 나라 시인이
나 어린 날의 영락을 못내 후회하게
불안하게 한 모양이다
비스킷이 그 약이 되었다

* misquiet, bisquiet.

영화평이 아니라 시입니다 1

젠장 이러다 영화 보고詩도 나오겠다

(혼잣말이랍니다)

책 읽고詩, 무슨 부코스키도 아니면서 섹스하고詩도 나오겠네

(혼잣말이랍니다)

선댄스 영화제에 어울리는 영화만 보는 건 아니지만

닥치는 대로('random'을 이렇게 쓰면 되려나)여도 기가 막힌 영화를 찾아내면 내 가슴은 뛴다네

그리고 이내 가라앉아 또렷하게 진지해진다네

이런 영화 조울 증세는 미국정신의학협회의 DSM-5에도 안 나오는 나만의 정신병

끝내는 미국인들한테 속아서 목숨까지 잃은 카다피 전 리비아 국가 원수의 책도 아니고

미국 흑인을 위한 여행 안내서를 뜻하는 〈그린북〉을 보았지

예전에 영화와 감정선이 닿으면 종종 울었지 나는

하지만 카다피의 〈그린북〉이든 흑인을 위한 여행 안내서 〈그린북〉이든

나의 진보 감수성, 인권 감수성도 무한 스펀지는 아니

니까 무슨 오지랖이라고 일일이 훌쩍이겠느냔 거야

그저 삶, 한때 그렇게 달고 살았던 담배, 강남에 있는 출판사 다닐 때

가끔 간덩이가 부어 훌짝였던 병에 범선이 그려진 커티삭, 시정잡배든 지식분자든 이런저런 타인들과 시비와 인생 다반사 그저 그런 것들이 내 쓰라리거나 씁쓸한 과거의 촉수 어느 것을 건드리는지 어느 영혼의 성감대를 건드리는지 조심조심 마음을 쓰다듬고 매만져보는 것일 뿐이지

실제로 그런 단체는 있을 리 만무하고 생길 가능성도 없겠지만

미국사회적정신의학협회라는 게 있다면 분명 병증의 하나로 등록할 법한 인종차별 문제를 그린 영화

검은 오르페우스의 아름다운 선율이 오늘 내 인생의 한때에 혈관을 흐르네

웨슬리 스나입스 〈블레이드〉의 낮에 활보하는 뱀파이어 데이워커에게 물린 것처럼 말야

(혼잣말이랍니다)

영화평이 아니라 시입니다 2

밤 찻길을 달릴 때마다
칠흑 속에서 도깨비불 같은 창문 불빛을 볼 때마다
누가 살까, 무섭지는 않을까, 생각했습니다
그러면 마음속 주마등에는 언젠가 보았던
분미 아저씨(엉클 분미)*가 비칩니다
신부전으로 죽어가는 분미 아저씨에게 나타나는 아내
의 유령
숲에서 실종되었다 저세상 괴물 같은 모습으로 돌아온
아들
가족과 함께 밀림을 지나 왠지 자신이 태어난 곳인 것
만 같은 동굴을 찾아갑니다
원숭이 귀신, 물의 신 메기와 사랑을 나누는 이야기
공산주의자를 학살한 분미 아저씨의 업보 이야기
영화에 나오는 라오스 사람들은 그 모든 것이 허상이라
고 말해줍니다
사람이 얼마나 균형을 잃고 살아가는 영혼인지
분미 아저씨의 처제는 말해줍니다
그녀는 양쪽 다리 길이가 달라서 지팡이를 짚고 다닙니다
그녀는 와불臥佛처럼 죽어서야 다리 길이가 같아집니다

술에 취해 깊은 밤에 북한산 승가사 어귀까지 올라갔다가

넋이 빠진 모습으로 새벽에 내려온 적이 있습니다

풀물이 든 흰 바람막이 재킷

깨졌는지 피 묻은 무릎께

벌건 눈

분미 아저씨의 아들 같은 모습이었습니다

어둠 속을 오르면서 수많은 귀신, 악령의 화신들과 만났고 싸웠습니다

여명의 빛에 보았을 때 그들은 나무, 바위, 이정표 팻말이었습니다

난생처음 야간투시경을 들여다보았을 때 적은 없고 고라니와 삵 같은 무애한 짐승만 있었던 것처럼 말입니다

칠흑 속에서 대체 누가 불을 밝히고 사는지 알게 되기까지

우리는 헤매이고 다칠 수밖에 없지 않을까요

* 태국의 거장 아피찻퐁 위라세타쿤 감독의 영화. 칸 영화제 황금종려상을 받았다.

신호등

흰 눈이 모든 길을 허락했다
늘 푸른 사람 향해
짧은 삶 건너려 할 때
깜박이며 왜 나를 돌연 금지했나
무슨 신열 앓았나 걸음 멈추고 불타는 사람아
창밖은 희고 시리다
붉으락푸르락 마음의 함정
오해의 건널목은 지워지고
조심조심 갓난 걸음마 아우성치는 얼음의 광장
밤샘 입김 가둔 창
눈발 종이 위에 손가락 끝으로
새벽 외투 입고 나선
너를 그려보는 겨울 꿈 또 하나
오래 걸려도 너는 도착하리니
흰 눈은 너를 금지한 적이 없다

몽돌 편지

몽돌에 실이끼 같은
푸른 글씨가 쓰여 있는 것 같았습니다
사랑했었노라고
가까이 멀리 떠 있는 배는
갈 수 없는 집 같았습니다
집어 가면 징역을 살거나
가난한 이의 전셋값어치를
물어야 한대서
겁을 먹었습니다
그대 고백을 고스란히 파도 곁에 놓고 갑니다
바다에 던지진 않았습니다
어느 심해어 한 마리가
오래 기억해줄 것을 기약할 수는 없으니까요
비 오는 속초 앞바다
그대 생각합니다

사회과부도

사람 시름이야 시도 때도 없으니까
초등학생 시절이라 해도 외로울 때면
무작정 펴서 짚어보던 사회과부도
사랑하는 그대 사는 곳을 찾기 위해서도 아니었고
그저 타일공처럼 삶을 맞추어가고
내가 살고 싶은 세상을 꿈꾸고 싶었을 뿐이다
안개도 아니면서 누군가의 사랑을 호위 아니면 질식하
려는 것 같기도 한 럭키스트라이크 담배 연기의 카사블랑카
혁명이 두려워서인지 반가워서인지 스킨로션이든 메틸
알코올이든 들이켜던 모스크바
시인 김수영이 이사벨라 버드 비숍과 상상 연애하던 한양
도시들은 번성했고 또 멸망했다
사막을 가로지르는 자동차 경주에서 그토록 따뜻한 심
장과 뇌수 말랑촉촉한 입술을 가진 사내들은
출발점에서 출발해 다시 출발점으로 돌아온다
낯선 도시를 사랑하러 그토록 멀리 떠났다가
길을 돌고 돌아 산을 넘고 강을 건너 결국은 스스로에
게 돌아오는 것이다
나는 어둠의 국경을 넘어 지도책의 어디쯤 무엇 때문에

묶여 있나

내 안의 서부극

어디론가 이주하는 무리에는 반드시 무장한 대열이 따른다 여자와 아이를 보호한다고, 똑같이 여자와 아이와 더불어 사는 인디언들로부터 여자와 아이를 보호한다고,

어젯밤 대열을 떠나 외로웠다

마구 자란 수염을 하고서 쌍권총을 차고

괜찮아 이 녀석아, 등을 아프게 두들기는 거친 마동석 같은 아버지가 있었으면 했다

추적해 꼭 복수해주었으면 하는 자가 있는 것도 아니다

맞서서 먼저 총을 뽑아야만 할 누가 있는 것도 아니다

복수는 복수

결투는 결투

삶은 삶

죽음은 죽음일 뿐

기댈 언덕이 없어도

미래가 안 보여도

갈색 말이든 검정 말이든

잡아타고

달려야 하는 운명이라고

숙명이라고

그러나 골짜기의 저격수가

쏘아 떨어뜨릴

우리 숨가쁜 모험

하루살이 사랑

미라보 한의원

침을 맞으며
함정임 선생의
로랑생과 아폴리네르의 사랑
이야기를 읽습니다
글줄을 따라가며 움직일 때마다
침 꽂힌 혈이 아파 오네요
내 혈관에도 센강이 흐를까요
나의 아팠던 사랑
그 수많은 뒤안의 이야기들이
저릿한 것일까요
곧 종이 울리면
의사가 침을 빼고 작은 구멍들을
알코올로 닦겠지요
내 살 위의 국경선 너머
상처들을 소독하듯이
아픔도 사라지고
사랑도 시간처럼 흘러가겠지요

길 위의 시

강원도를 돌아다닙니다
부론강을 지나고
섬강 따라 흐르고
어론리*를 지납니다
쥘 베른의 소설 같은
꿈만 같은 길을 갑니다
입에서 구르는 프랑스어 같은
리을 발음
시인 랭보는 자음과 모음의
색깔을 발명했다고 으스댔지요
그러나 탱크와 장갑차가
마주 지나갑니다
북쪽으로 북쪽으로
국경의 남쪽 태양의 서쪽은
어디인지 마음이 어두워집니다

* 강원도 인제군 남면.

2월

전나무 숲에서 나는 열등하고 불행한 짐승이었다
세월이 잊은 종소리
미친 소녀
참을 수 없는 수음에도 아무것도 열리지 않는 나무
다람쥐만 아는 수목장
바람이 문을 열자
닫혔던 책이 열리고
사랑해서 두려운 생의
납 활자 마침표의 쇠구슬 물음표의 낫과 갈고리
다락에서 쏟아져 헝클어진다
바람이 문을 닫으면
별끝 비수 하나가
그 옛날 흐지부지 상처에 박힌다

언약

기억의 악마

기억의 천사

몸짓들, 음식들, 맛있는 것, 불쌍한 것들, 그리고 사랑한
사람

아름다운 몸가짐

때마다의 마음가짐

밤거리에

어느 나라 삼색기를 닮은

이발소 사인볼과 푸른 잎새를

베낀 네온 간판이 구원인 듯 빛났다

나는 이생에 가로수였나 무슨 나무였을까

죽어 별과 달이 못 된다면

종신토록 반기기만 하는 사인볼로라도 다시 태어나려네

달세뇨

　남들 쓰는 원단 시인지 서시인지를 쓰려다가 나에게 막
혔다
　노상 나에게만 갇혀 있는 시는 타인의 고통과 상처에
눈감게 만들고 말리라는 것 때문이다
　하지만 또 나로부터 시작할 수밖에 없다
　존 피츠제럴드 케네디가 머리에 총을 맞고
　무라카미 하루키 소설의 주인공이 세 번째로 잤다는
　여성의 단 한 장 사진 뒷면에 쓰인 날짜 1963년 8월에
나는 태어났다
　포대기에 나를 업은 엄마의 냄새는 시셰이도資生堂 분
냄새
　아버지의 집은 육군사관학교 천막 관사였다
　엄마에게 업혀 찾아간 성에는 총안은 없고 흰 깃발만
펄럭였다
　아내와 갓난아기가 있는 곳이 아버지의 집이었다
　흰 기저귀 휘장 날리던 그날 태어난 누이의 얼굴은 서
른이 되어서야 사진으로 처음 보았다
　나로부터 시작된 이야기는 내가 끝을 맺어야 한다
　누가 사랑하기 시작했는지는 중요하지 않다

사랑이 어떻게 시작되었는지 묻는 것은 어리석다
갈림길에서 겁먹은
나라는 개 한 마리에게는
사랑할 때와 죽을 때만 있다

한여름 밤낮

유령들보다 서둘러
숲이 얼굴을 씻는다
흐려졌다 밝아지는 네온 간판들
충전 선을 매단 자동차가
쫓겨난 천사
버림받은 사이보그처럼
눈을 반짝인다
별들은 오늘밤 늦나 보다
오늘 새벽엔 빈 상가 불빛이 별빛보다 빨랐다
이맘때는 사람도 저물거나 스러지는 게 좋으련만
여명 닮은 황혼의 안부

조류 독감

공중을 나는 새가 감기라니
신세계가 아닌가
번쩍 기적이 아닐까
어차피 영문도 모르고
사람은 갈색 감기약 같은 걸
오랜 옛날부터 삼켜왔고
자동차 강철 몸 위의 단단하고 빛나는 유리창을
새똥으로 더럽힌다며 낙담하는
사람은 새를 미워하고 잡아먹을 텐데
덩치 큰 털 없는 원숭이 바이러스인
우리가 퇴치되어야 마땅하지 않을까

자정의 문장

버린 것 잃어버린 것조차

잊히지 않은 채 버려진 피사체가 되어버려 기억의 언저리를 먼지처럼 부유한다

아무리 씻어도 떨어져 나가지 않는 느낌 또는 냄새가 감각의 주변을 돌다 무심코 돌진해오는 것이다

그 아픔의 중심에 내가 살고 있지만 나이를 먹고 시간을 보내며 청춘의 언저리로 밀려나 다시는 부둥키고 살을 섞으며 뺨을 부벼대는 첫 기쁨의 사랑이란 없을 것이란 막연한 불안이 뿌연 흙먼지처럼 밀려오다 사라진다

숙박계

혼잡니다
둘이었던 적도 있었습니다
둘은 病입니다
혼자라고 詩인 건 아니지만요
아가씨는 부르지 않아도 됩니다
될 수 있으면 그냥 혼자 두세요
팔목을 긋거나 극약을 먹거나
목매달지는 않겠습니다
집이 없으니 주소는 빗금입니다
전화도 끊어졌으니 번호는 비워두겠습니다
한 가지 물읍시다
건너편 클린턴 모텔은 부적절한 관계만 맺는 곳인가요
뒤편 캘리포니아 호텔*은
한번 들어가면 못 나오는 게 사실입니까
주문이 많은 요리점**이 진짜 있습니까

* 이글스의 노래 〈호텔 캘리포니아〉는 호텔리어를 로봇으로 채우고 매일
  밤 피의 사육제를 연다. 술은 팔지 않는다.
* 미야자와 겐지의 동화. 식당의 괴물들에게 손님이 스스로 양념하고 요
  리해 잡아먹히는 요리점이다.

아다지오

옛적 마포에는 시인이 둘 살았다

둘 다 H로 줄여 부를 수 있었고

하나는 꽤 유명했고 동네 가게에서 아방가르드 옷차림에 노란 이클립스*로 아주머니들의 미움과 부러움을 샀다

하나는 술을 많이 마셨고 가난했고 책을 만들었다

어느 날 H는 일하던 출판사에서 쫓겨나 아현동에서 마포로 넘어가는 고갯길 좁다란 골목에 책과 독서대를 주렁주렁 매달고 넝마주이처럼 고개를 넘었다

독서대는 구치소에서 만든 것이었다

차입된 사발면 상자를 밥풀로 붙여 만든 독서대는 풀려난 뒤 직장에서도 썼다

독서대는 양동화** 선생에게 배웠다

세상은 그렇게 종잇밥 먹는 이들로 이래저래 느릿하고 떠들썩했다

부슬비는 듣고 멀리 초등학교 아이들 소리는 잦아들고 고갯길 넘는 내 귀에는 양동화 선생의 다정다감 느린 전라도 사투리 "그 솜옷은 두고 가면 안 되까잉? 뒷사람 주게"

아다지오 겨울이었다

그는 간첩에 사형수였다
못 드리고 나왔다 후회한다

꽃잎의 추신

꽃편지는 잘 받았습니다
꽃의 장례 소식이 아니라서 마음 놓였습니다
자식, 고추는 여전히 빳빳한지,
그대가 벗에게 수소문했다는
안부는 조금 슬프고 아팠습니다
피고 진
이름 없는 이름들은 메아리치고
짙푸른 속으로 숨고 말겠지요
편지 끝에 양초로 쓴 불멸의 말
사랑한다는 추신 위에 입맞춥니다
사랑합니다

무덤새

태평양 한가운데 어느 화산섬에는 무덤새가 산다
불새도 아니면서 지옥 불에 알을 낳는다
화산흙구덩이를 요람으로 무덤새가 태어난다
공작 같은 날개도 수리의 발톱도 없고
일하는 큰 발만을 타고난 무덤새가 화산흙 속에 알을
낳는다
세상 어느 화산섬에는 불새가 아니라 무덤새가 산다

최영미

당신은 이젠 없는
폴란드 망명 정부의 지폐, 레닌그라드의 낙엽일까요
당신 서른의 잔치가 파할 때 나는 달력에서 오늘이라는
날짜를 당겼고
우리 기쁜 젊은 날의 시대는 올훼스의 창처럼 저물고
베르사유의 장미*처럼 시들어갔네요
당신은 카를 마르크스의 자본**을 우리말로 옮기면서
먹고 살았고
나는 건너편 출판사에서 마르크스 엥겔스의 문학예술
론***을 편집하며 먹고 살았지요
당신과 나는 시대의 괴물과 싸웠고 훗날 당신은 괴물을
고발했고 나 또한 아킬레우스처럼 괴물을 붙들고 씨름하
고 우리 또래는 어쩌면 괴물이 되고 말았네요
이제 우린 또래 디카프리오처럼 더 이상 예쁘진 않아요
당신은 엊그제 마리 앙투아네트 흉내를 냈고
나는 당신이 청춘을 저당 잡힌 채 한국어로 옮기던 마르
크스의 자본을 늦깎이 시인이 되어 노래하게 되었습니다.
우리 운명인지도 모르겠어요
하지만 어쩌겠습니까

스쳐 지나가는 우리는 서로가 서로의 외딴 상여집

따로 정류장의 마른기침이라는 것을 알면 그만 아니겠
습니까

* 1980년대에 유행하던 만화 작품. 〈올훼스의 창〉, 〈베르사유의 장미〉
  두 작품 모두 일본 작가 이케다 리요코(池田理代子)의 작품이다.
** 이론과실천 펴냄(1987년 초판1쇄).
*** 논장 펴냄(1989년 초판1쇄).

소독차와 헌책

뜨거운 여름날
소독차를 쫓던 아이들 눈을 가린
비릿한 연기의 끝
발아래 맞닥뜨린 뜨겁고 검은 아스팔트
신이 났던 아이는 무기력해졌다
그때 발밑에 피어났던 시무룩한 아지랑이의 정체는 무
엇이었을까
떠나보낸 사람과 시간이 남긴 버스 꽁무니의 매연과도
닮은
달콤하면서도 쓰라린 것의 이름은 무엇이었을까
그 옛날 DDT는 아이였던 나의 외로움을 소독했지만
세상을 읽지 못하는 눈 흐린 난독증을 감염시켰다
책은 그 구원이었다
세상의 모든 헌책은 시다

어느 날 막잔

마시고 일어나자고 집에 가자고
미련도 많아서
두들겨 맞은 개처럼 뒤돌아볼 테지만
집으로 가자 돌아가자고
뒷산 검푸른 그림자 허공의 살마다 정맥같이 번진 전깃줄
금요일의 쓰레기더미
초등학교 앞 화단 무심한 이슬 맺은 풀들도 흐느낌을
멈추었다
회칠이 소낙비에 씻겨나가는 창밖
잘 구워진 생선처럼 노릇하게 저문 몸의 그림자
흐린 행복의 밑그림
나이프로 긁어 새긴 얼굴과 그 이름 흩어진다
들쭉날쭉 지붕들의 실루엣
나는 돌아가고자
취할수록 또렷해지는 영혼의 기를 쓰고
저 치켜든 잔들에게 작별 인사를 건넨다
몇 잔을 마셨을까
얼마나 더 마셔야 끝이 날까
또는 다시 사랑할 수 있을까

용기의 속도 또는 속도의 용기

전에 없이 높게 셈해주었다는 원고료는 감감 무소식
보내준다던 원고 일감도 오지 않고
그래도 하루 시작을 서둘렀다
전화해 물어볼까 따져볼까 용기를 냈다
출장길 나서기 직전에 턱을 베인 미스터 질레트가 만든
안전면도기 덕택에 속도를 냈다
분발하는 나의 허파 나의 심장 나의 두 손
그러나 알 수 없는 슬픔과 설움도 빨리 흔들려 피에 섞
인다
그래서 느렸으면 하는 마음, 서둘 것 뭐 있느냐는 마음
도 없진 않았던 거다
혼자 일 끝내고 집 앞 목로주점에 앉아 소주를 마시곤
했다
그러곤 왜 있잖아, 한대수 노래 소주나 한 잔 마시고…
소주나 두 잔 마시고…
그랬다 그랬던 것이다
그때마다 옆집 사는 이가 야마하 오토바이크를 타고 머
플러를 터뜨리곤 했다
난 속으로 그에게 말했다 당신도 외롭다고 울고 있네요

그랬다 함께 나란히 퇴근해 술 마시는 사람들이 몹시
부러워서 그랬다

기다리는 전화 벨소리는 영혼에서 5초 빨리 먼저 울린
다지 — 이건 마음과 속도에 관한 나의 발견

지금 바로 행동하지 않는 것은 죽음을 의미한다고 레닌
은 말했다 출근해서 모닝커피를 마셨다면 일손을 움직이
는 게 마땅하지 않겠느냐고 빌 게이츠도 보탰다 잔망스러
운 인간 같으니라구(레닌 빼고)

속도의 용기여

내 영혼의 사보타주는 늘 그대에게 빚을 진다

너무 서둘렀나 정사를 앞둔 중늙은이의 전립선처럼 시
간이 뜨끔해진다

500 클리어파일

어떤 때는 책장들이 지폐 다발이었으면 한 적도 있다 솔
직히 밤새도록 싸도 끝이 안 보이는 책짐이 끔찍할 때도

30 또는 500, 3000 같은 플라스틱 파일의 숫자가 종이
나 폴리프로필렌 속지의 매수 또는 제품 번호 또는 가끔
가격이라는 걸 안 지는 얼마 안 된다

그래 그런 거다 사납거나 초롱한 눈빛의 그녀 또는 그의
시집 페이지나 내 생의 페이지 번호나 책값은 아닌 거다

사람의 언어에 양수사 따윈 없었으면 좋았을 것을

생이, 시가 감탄사와 섹스 오르가슴의 감창만이었으면
좋을 것을

나보다 아픈 가슴의 한 길 속에 있는 사랑과 걱정의 가
짓수 한숨의 횟수

끝내 입 막히고 기막히고 만 노동 계급의 살아남기 위
한 돈의 숫자 100

1000

10000이 적힌 손때 묻은 공책

가난한 엄마가 유서를 끼운 피 묻고 가스 쏘인 가계부
가 우리 마음 치부책의 숫자지만

나의 비겁한 세 치 혀 밑에 들끓는 분노의 눈금이

100000

1000000

10000000 기하급수였으면

마야코프스키 동지, 당신을 생각하오

강남몽

나두야 서울 강남 꿈을 꾼다
직장 출판사에서
가끔씩 술추렴하던 사치
술병에 그려진 범선을 타고
--커티삭이라는 술이었지 아마
버터 빵과 양과자 내음 그윽한
저녁 거리를 두둥실 떠다니는 꿈
법인 폰인지 뭔지 끝자리가 1번인
전화번호가 찍히자
콜택시 기사는
검사님, 손가락 경례를 붙인다
망상--
그러나 짐짓 누군가 꾸는 강남의 꿈이었겠지
새하얀 피부 푸른 눈
야 류볼유 쩨뱌*
그녀 치마폭에 싸이는 꿈
나두야 강남 꿈을 꾼다
배고픈 채 자면 꾼다는 귀신 꿈이다
그러므로 자칫 죽는 꿈이다

* 어린 여성에게 사랑을 고백하는 러시아어.

자화상

어디 어느 집이든 여백의 벽지를 하염없이 보고 있노라면 인간과 신들, 동물과 괴물들의 모습이 보인다 그 모습을 마음에다 확대해서 불러와 반죽을 주무르듯 변형하다가 글자와 글자 사이를 뚫어져라 보면 어느새 글자가 사라져 보이지 않는 희한한 일도 일어난다

색깔이 살아나기도 하고 번져 나오기도 하고 만화경이 펼쳐지기도 한다 만화경 속에는 사탕 포도 같은 과일, 바기나며 젖꼭지 같은 내 욕망의 대상들이 알록달록하다

어릴 적 나는 본드를 들이마시고 초현실주의자들의 자동기술을 흉내냈다 가장 좋은 대화 상대는 달이었다 그는 녹아내려 내 피부로 스미기도 했고 내가 되기도 했다 기억의 폐지들을 뒤적여서 나는 지금 그때 저절로 써지듯 휘갈겼던 시를 복기하고 있다 나는 그걸 '사강'한다고 했다 알코올 또는 약물 환각을 누리곤 했던 프랑수아즈 사강의 이름을 붙인 것이다 나는 사강하다가 집을 뛰쳐나가 육교에 올랐다 미니카들이 손에 잡힐 듯이 꼬물거려 나는 그것을 주우려 했다 누군가 경적을 울렸고 누군가는 소리쳤다 나는 그것이 조금 전까지 나와 교미하던 달 아니면 어느 질투의 신이 크게 웃는 소리로 들렸다

집으로 돌아온 나는 거울을 본다 거울 속에는 하관이 비현실적으로 빨라지고 일그러진 얼굴이 있다 달이 밝고 구름이 흐르고 하늘이 펼치고 파아란 바람이 불었*지만 나는 없고 어떤 괴물만 있다 나는 놈에게 주먹을 날렸다 거울이 깨지고 피가 흘렀다 닫혔던 책이 열리고 두려운 삶의 납 활자 마침표의 쇠구슬과 물음표의 낫과 갈고리가 다락에서 쏟아져 헝클어졌고 아리따운 별끝의 날카로운 모서리가 흐지부지 낫다 만 상처를 건드렸다 꿈엔 밤이 없다 달빛도 없어 그만 눈감았는데 꿈에 만약 밤이 있다면 등을 보이며 흐느끼는 세월의 검정 귀신 하나 창에 찾아올 텐데 가여워서 어떻게 잠을 깰까 꿈에 밤을 꾸는 시간 마을 북쪽엔 불꽃놀이가 한창이고 마을 남쪽엔 마약이 유행이었다 나는 그것들 대신에 폭풍을 믿는다

　* 윤동주, 「자화상」, 『하늘과 바람과 별과 시』.

김사량*

곧 모두 무르녹는 무서운 대낮인데 왜 날 버렸나요
당신 삶을 흘리고 쏟고 토했나요
아니면 젖었다 메마르고 죽어가는 건지
그래요 자 오늘 또 하루 살아 아니 죽어가볼까요
세수를 하며
꿈에 그대 왜 나를 세 번 부인했을까
물을 마시며
사랑하는 암세포여 하지만 아직 너를 받아들일 준비가
안 되었으니 씻겨 내려가 주겠니
썩은 콩나물을 버리며
한 사내가 아침마다 희망을 품노라 하루 만에 죽노라
주검이 썩어가노라
빨래를 널며
옛날 프랑스 공산당은 복도 많지요 폴 엘뤼아르 루이
아라공 알베르 카뮈 그러고 보면 조선반도는 지지리 박복
한 년 뿌리가 평양의 부르주아라고 공산주의자라고 버림
받은 김사량
책을 읽으며
당신 이름은 하필 사랑 아니면 사냥이라고 잘못 읽힐

수도 있는 사랑인가요 혹시 상송 같아서 사람들이 미워한 건 아닐까요 「빛 속으로」한 구절이 마음 아파요

　난 춤추는 게 좋소 하지만 밝은 곳에서는 안 되오 캄캄한 곳에서 추는 걸 좋아하오

　책 덮고 거울 보고 뺨 한번 쓸어보고 가슴 건포도와 페니스도 만져보고 알 수 없는 슬픈 표정 한번 지어보네요

　그리고 당신은 더 이상 먹지 않는 반찬으로 밥 먹고 춤추러 갑니다

　戀人よさようなら-**

* 1914~1950 일제 강점기 평양 출신의 소설가.
** 연인이여 안녕.

3부

나보다 아픈 가슴을 위하여

聖 미용실

꽃에서 멀어진 지 천 년
— 허난설헌, 〈유선사〉

머리칼을 자르며
천일홍 꽃을 생각합니다
낮에 깨어 있는 TV는
왕비가 되어 세자를 폐하고
아들을 왕위에 올리라고
부추기는 뭇 역사극
외척의 말들이 흘러나오옵니다
어차피 1930년대 상하이 이발소인 듯한 클루닝 창법의
중국 노래를 기대한 것은 아니지만
참담한 말씀입니다 아니 들은 것으로 하겠나이다,
가슴속 노래와 겹쳐 들려
마음이 수선스러워집니다
한해살이풀이 어째서
천 일 동안 붉은지는 알 수 없고
나는 비구처럼 머리칼을 바짝 밀어달라고
마스카라 새카만 여인에게 말합니다

136

노래 없고 사랑도 없는 연옥에서
꽃 생각합니다

목포 역전

꿈이었다
그러나 또렷이 목포였다
그리운 남쪽 항구
노래비도 잊힌 역전 정류장
바닷가 포말 아우성 좇아
멍들고 금이 간 버스 놓칠세라 달린다
짠바람 눈물 묻은 신문지 펄럭이고
글자들 사금파리 흩어져 눈부시다
뛴다 뛰어가리라
아프고 쓰라린
젊은 과거 너머 거뭇한 바다로
간다 넘어가리라
울타리 철조망 지나
가스나 비린 젖가슴 섬으로

애별리안愛別離安

기억하나요 우린 3월에 헤어졌어요
우리 악惡 두 개가 결혼하지 않고
늘 갈라져 모자란
선善으로 남게 된 건 참 잘된 일이에요

실밥의 노래

우린 살아가면서 웬만하면 피를 보지 않았으면 하죠
육신의 불꽃 너머 재의 모습을 넘겨다보고는 죽기 전에
는 불타지 않았으면 하죠
그렇게 사는 어느 날인가에 우리 누추한 몸의 변방에선
양말에 구멍이 나기도 하고
대대로 우리 삶을 이끌던 전사 어머니의 조그만 창칼이
었던 바늘이 빗나가기도 합니다.
수줍은 손가락 껍질 뚫고 솟는 피
불어라 바람 울려라 진혼의 트럼펫
어쩌면 우리가 가장 가까이서 부비며 사는 살갗은
사람의 것이 아니라 땀 또는 피 고스란히 받아낸 오랜 옷
그 고맙고 단단했던 마감도 세월에 풀어져
실밥 갈대가 나풀댑니다
전 실밥을 자르거나 뜯지 않는답니다 라이터로 불을 붙
여요
작디작은 촛불같이 불타누나 실밥들의 갈대숲
울려라 진혼의 트럼펫

상하를 아시나요

여름이 언제까지나일 것 같아도
무거워진 열매 떨어지는 가을이 오고
곧 성큼 추워질 테죠
상하를 아시나요
늘 여름인 것처럼 일하는 구례의 농군
한 획만 다른 성하盛夏—미친 듯이 더운 한여름에도
구슬땀을 흘리던 엄마 그리고 누이
언제까지나일 것 같은 여름도 물러나고
기나긴 겨울이 와도 언제나처럼
덜 여문 씨앗과 이파리들 품으려고
늘 여름처럼 일하며 몸을 덥힌
상하常夏를 아시나요

다시 밥을 짓기 위하여

성폭행을 당해 결혼한 여자의 이야기를 듣고 시를 지었다
나의 시 부엌의 노래
나는 밥을 짓지 않아요
미움을 품은 채 지은 밥은 사람을 죽일지도 모르니까요
그러므로 나 또한
다투거나 세상으로부터 해코지를 당한 날이면 밥을 짓
지 않는다
마음의 도개교를 들었다 내렸다
성긴 사랑의 날들, 띄엄한 목숨들
정작 스스로를 위해 밥을 짓지 않는
유산된 사랑
다시 밥을 지으려고
사람이 죽는 일은 없어야겠지만
우리는 늘 꿈의 앞섶에 쌀뜨물
피를 철철 흘리고 있다

별의 죽음

별은 죽기 전에 암흑의 허공에 빛의 나비를 그린다
늙으면 부풀었다
임종의 순간에 몸을 이루던 빛을 사방에 흩뿌린다
몸은 부서져 모래알처럼 퍼지고
심장은 쪼그라들어 희고 작은 별이 된다
별 부스러기의 아름다운 마지막 나비 춤
사람은 몇 십억 살이 되어 죽어도 흉내낼 수 없는 춤

따뜻한 기계

어릴 적 하필 비에 팬티까지 쫄딱 젖어
엄마한테 눈물이 쏙 빠지게 혼이 난 적이 있다
그때 이름 모를 방앗간 기계의 철판에다 살을 대고 설움을 달랬다
차가울 줄 알았던 그 금속 덩어리가 그리 따스한 줄 몰랐다
기계나 쇠가 엄마 품이나 아내의 살갗으로 진화하거나 변신하는 일은 없겠지만
살면서
때로는 날개와 무릎이 꺾이고 가슴도 무너질 때가 있었다
세파가 너무 차가워 햇살에 달구어진
쓰임새를 알 길 없는 철판에 눕고만 싶을 때도 있었다
마침내 깨닫노니 사람이 체온으로 덥힌 기계였기에 따뜻하였네라
할아버지 어머니 온 식구 열면 노동과 사랑이
기계의 체온으로 열전도 되었다는 진실

사랑 工作

중국단풍나무가 연노랑으로 물들 때
우린 투먼圖們에서 출발하는 밤기차를 타고
서로 기대고 품을 파고들며 미래로 갔습니다
비에 젖고 피에 물든 우리 피붙이의 전설과 신화를 뒤
로하고 떠난 우리의 신혼 기차
민족도 혁명도 못 들추는 침대 칸 우리 둘 키스
그대 몸의 별자리를 애무하며 투먼 밤하늘 별을 떠올렸
지요
우리 공작은 죄다 실패하고 모스 부호 타전도 끊어졌지
만 그 사랑을 기억합니다
어차피 그대와 나는 난수표처럼 살아왔고
별리는 사필귀정이라고 받아들여요
부디 평화롭기를

기억이 쏘다니다

사람의 지금은 옛날을 말해준다지만
기억이 지금일 때도 있습니다
원주 무실동 주간보호센터
소싯적에 경비원이던 할아버지는
치매의 망각 속에서도 끊임없이 배회하고 자물쇠를 만
지작거립니다
대구의 무녀 이광자 선생님은
한국전쟁이 끝난 지가 언제인데
여전히 총을 들고 고지로 돌격하는 병사의 망령더러 물
었습니다
일마야 니 어데를 그래 가노
인민군 죽이러 간답니다
울 엄마 어느 날 꽃단장하시고
새벽부터 나설 채비였어요
이모가 온다고요
인연 끊은 지 언젠데 온다카는교
온다 반다시 온다카이
치매의 혼몽 속에서 살았을 때 자매의 애증과 기억이
발걸음을 했는지는

146

알 수가 없습니다만
뒤에 들은 이야기로는
전날 밤에 이모가 돌아갔습니다
도무지 알 수 없는 이야기
회상과 욕망과 안타까운 꿈들
기억만이 배회하는 건 아니겠지요
지금 누군가 배회합니다
기다릴지도 모릅니다

엄마 하늘

내 기도의 절반은 어머니 사진
얼굴 옆 나무 사이에 빼꼼한 조각하늘이다
나의 수태고지 훨씬 이전
경남 진영에서 찍은 사진의 꿈꾸는 여인은 머잖아 사랑을 잃고 집으로 돌아온다
엄마 고향 진영도 사람들이 왼편과 오른편으로 나뉘어 피를 흘렸던 곳이라는 엄마 말씀
머잖아 현대사를 장악한 사관학교 출신 청년 장교를 만나는 여인
엄마 옆 조각하늘이 내 회향의 희망
水雲 선생님이
하늘은 엄마와 아기 사이라고 가르치고
사랑이라고 이름 지은 하느님
만화경 속처럼 깨지고 흩어진 하늘 밑 이 연옥 예토에서

심장의 門

　나의 어머니 어느 날 곳곳에 맑은 물 떠놓고 아름다웠던 시절 아팠던 시간 다 잊고 말았을 제 나는 몰랐네 그게 마음의 병인 줄을.

　무섭기까지 했네 새벽에 쿵쿵 울리는 어머니 지팡이 소리 내 심장을 떨어뜨리곤 했네

　나를 가지고부터 생긴 엄마 심장 판막의 병

　엄마 심장 왼쪽 방에는 갑자기 발길 끊긴 아버지를 찾아간 육군사관학교 천막 관사에 드리운 순백의 기저귀

　엄마 심장 오른쪽 방에는 내가 강보에 싸여 있는 방에 군홧발로 들어온 아버지 부하들의 사나운 눈초리

　쿵쾅거리며 여닫히던 심장 판막

　그 마음의 門지방이 닳고 닳아 고장나버린 것이리라

　엄마는 그 모든 것 까먹고서

　그 미련의 門소리를 내게 남기려 한 것이리라

　내 목숨의 알리바이

　사랑의 미스터리

　나의 심장 떨어지는 까닭을 알아버렸네

제인 구달

아이는 어른이 되고
아름다움은 사라지며
사람은 늙어간다
그래도 죽을 때까지 아름답자
요람의 자장가
청년에 세운 꿈
사랑하는 이의 귓속말
희망의 절반이
슬픈 거짓말일지라도
파도 높고
의지할 데 없는
삶은 초박超薄의 바다
내일은 살얼음의 기나긴 강
무릎 꺾인 사람에게 손을 내밀고
우는 아이를 달래며
가슴 무너진 사람을 끌어안자
따뜻한 피를 지닌 동물답게
널리 사랑하며
살면서 살가웠거나 사나웠거나

사랑했거나 미워했거나
가난했거나 부유했거나
한 땀 한 땀 마음에 쓴 것들을
피붙이가 아니어도
낯선 이방인
공중을 나는 새
버려진 갓난아기에게
물려주자

기기 변경*

이 무정한 전화기의 시계를 오늘로 맞추었다고 해서 과거가, 그 찬란하거나 산란하기도 했던 사랑 행복들이 죽어나가기라도 하는 건 아니겠지만

고개를 절레절레 저으며

네가 찾아오지 못할까 봐

내 마음 바뀐 건 아닌지 무서워서 스스로 어깨를 끌어안는다

우리 딸 우리 아들 물방울이 되어 어느 강 어느 바다를 헤매는지 별이 되어 어디서 우릴 굽어보는지

네 녹슬고 소금기 품은 전화기에선 아무 소리도 나지 않는데

혹시 네 넋이 깃들이기에 이 기계가 너무 차갑고 낯설면 빗물이라도 되어 내게 스며주겠니 눈물이라도 되어 와주겠니

무정한 기계는 널 몰라봐도 나는 너를 알아볼 거란다

내 딸 내 아들 너무 사랑한다 보고 싶다 얘들아

* 세월호 희생자의 젖은 휴대폰을 보고 썼다.

소녀가 소녀에게

몇 개 남지 않은 성냥개비로 꿈을 지피느라 힘들긴 했지만

칼바람이 살을 저몄지만 너처럼 몸무게 16킬로그램은 아니었어

그때에도 가게 문들은 열려 있었고 불도 켜져 있었고 가게 안에는 난로가 따뜻했어

네 아빠랑 새엄마는 게임과 섹스에만 환장했다지

난 엄마도 아빠도 없었지만

차라리 다행이었어

시간이 지나 플랑드르에선

네오랑 파트라슈가 함께 얼어 죽었지만

너처럼 버려진 강아지만도 못하게 여위고 혼자이진 않았어

살 좀 쪘니?

잘 지내길 바라며

코펜하겐에서

성냥 파는 아이가

콩나물과 안내양

잘 끓인 황금빛 콩나물국을 마주하고
사춘기 수음의 방을 뒤로하고
만났던 매일 아침의 연인
버스 안내양 누나를 생각합니다
1989년 대통령이 영영 지운 누나들
돌이켜보면 누나들은 두 번 아니 세 번 죽었습니다
동일방직에서
YH 노동자 신민당사 점거 농성에서
버스 맨 뒷자리에 위태롭게 걸친
주정뱅이 대학생 습작 시인이
머리를 차창에 찧으며
조는 게 안쓰러워
따뜻하고 말랑한 손으로 받쳐
고쳐 앉혀주던 누나
답십리에서 청와대를 거쳐 세검정으로 다닌 60번 안내양 누나
다시는 볼 수도 찾을 수도 없습니다
오늘 아침에 내 앞에 놓인
콩나물국 무침을 먹고

세상 속으로 나서도 만날 수 없겠지요
눈에 어린 물기를
국이 뜨겁다 무침이 맵다며
핑계를 대봅니다

티비는 애증을 싣고

내가 아는 시골 노인들은 새벽부터 텔레비전을 한껏 소리 높여 틀어놓는다

무슨 생명 신호이기라도 한 것처럼 말이다

아파서 병원에서 살 때

그저 사람이 그립고 늘 결핍인 것 같은 헛헛한 마음에

〈티비는 사랑을 싣고〉나 〈인간극장〉을 반겼다

티비는 상처이자 위안

의왕시 서울구치소에서 칼기 미얀마 추락 소식과 함께 스쳤던 아버지 얼굴*

풀려나 집으로 호송되면서

거리의 티비에서 나를 반기던 눈물겨운 세속의 화면

놈들이 고문을 하면서 태연히 라디오를 켜놓고 광고를 듣더라는 김근태 선생의 글줄이 퍼뜩 스쳤지만

아내의 첫 살 또는 마지막 살의 그리움** 같던 티비 광고는 내겐 따스한 환대였다

아! 티비는 곱고도 밉다

사랑과 미움을 싣고 흐른다 덧없는 삶의 강물 위로

* 당시 아버지는 미얀마 인근 국가 태국 주재 대사였다.
** 김지하, 「새」.

156

칸나*의 죽음

어머니와 아기, 왠지 낯선 젊은이가 웃고 있는 나라

하지만 벽 귀퉁이는 허물어지고 벽지는 뜯어져 오랜 살 갖의 각질, 낡은 옷의 보풀처럼 흩날린다

창과 문은 어긋나 있고 기억은 모래알처럼 흩어지고 누군가는 이미 죽었다

기쁨의 날들을 손가락으로 쏠어본다

깃들었던 집들, 학교, 나무, 파릇한 풀밭들

변색된 폴라로이드

어린 연인의 얼굴

징그러운 성기 없이도 우린 얼마나 완전한 포옹을 했던가!

시간의 멸망을 버틸 수는 없지만

손을 잡을 순 있을 것이다

자기 가슴이 안 되면 너의 가슴에 귀를 기울여 심장 뛰는 것을 느낄 순 있으리라

* 오래고 낡은 칸나 사진 앨범.

부산행

칠월칠석날 부산에 간다
부처님 말씀으로 늘 나를 일깨운 이모
고녀 다닐 때 스트라이크 주동으로 훗날 서북청년단이
외할아버지를 납치해 "네 딸년이 빨갱이였지" 소릴 듣게
만든 이모
종종 맞고 산 이 땅의 여성, 이모
당뇨 합병증으로 눈멀어 돌아간
이모
기차 안에서 핫도그 반을 남기기로 해놓고 다 먹어버린
철딱서니 없는 나를
따뜻하게 바라본 이모
엄마 돌아간 지 사흘 만에 가시는 바람에
그저 물 한 그릇 떠놓고 남쪽을 향해 절을
올렸을 뿐인 이모
이모 손잡고 갔던 부산
사십 년 만에 간다
엄마와 사이가 좋지 않았건만
울 엄마 치매 망상이었지만
엄마 돌아가기 전에 꽃단장하고

동생 보러 왔다는 이모

그 이모의 부산으로 가네

학업을 멀리한 문학 소년이 머리에 안개가 가득하다고
하소연하자

안개를 걷어주마고 한 이모

그래서 정신 차리고 의사나 판검사 되라고 했던 이모

그러나 나는 싫었고

사촌 형 따라 브니엘고등학교로 전학시키려 해서 미운
털 박았다

그러나 이모부 혼자 있는 그 집에는

가지도 않고 묵지 않으려네

시간이 머무르지 않듯이

나 또한 머물지 않으려네

죽지도 헤어지지도 않는

나의 어머니 임신 중독이 내 몸에 여태 이어져
찬바람에 손가락끝이 갈라진다
아픈 손가락들
나를 사랑해준 빚을 어떻게 갚아야 할지
아득하고 막연하다
외할아버지 나으라는 성화로 먹인 곰의 쓸개
이름도 얼굴도 모르는 웅녀의 목숨을 피처럼 들이마신
죄를 받아서였을까
어머니 손가락끝이 새카매졌다
약이 독해서라고 사람들은 말한다
아니다 사랑이 독한 것이다
지독한 사랑으로 우리는 태어났고 자라서 사랑했다
손가락 아픈 까닭을 알게 된 겨울
죽지도 헤어지지도 않는 나라는
어디에 있을까
또다시 지독하게 사랑하면 우리는 얼지 않은 땅에 고이
묻힐 수 있을까
죽지도 헤어지지도 않는

시골 균

잉글랜드 시골의 소젖 짜는 여인들은
장밋빛 뺨과 크림색 피부의 깨끗한 얼굴을 가졌다는 얘
기를 들었다
풍족한 우유와 버터, 크림 덕분이라지만
어미 소의 젖에 묻은 균 때문이다
천연두 균과 비슷한 균으로 여드름 따위가 더 붉어지지만
금세 사라지고 살갗은 더 보드라워지는 균의 신비
누군가 천연두에 걸리면 그녀들은 간병인이 되어 보살
폈다
인간과 바이러스로 더럽혀진 도시에 들려오는
반가운 시골 병균 이야기

충고

대구 사는 만신 이광자 선생님 같은 넋벗의 이야기를
듣고 싶다

달성공원 물가를 걸으며 그녀의 사랑 이야기를 들었다

몸주로 경북 지역 개신교의 큰 목사 아버지가 내린 기
구하고 신비한 넋

신을 받고 나서 첫사랑 학교 선생님

범부는 무녀를 못 견딘다는 옛말대로 애별리고를 참아
야 했다고

— 생각해보면 마카다 글마가 불쌍한기라 우째 나를
만나갖고

엄마가 생각났다 여자 혼자 헤쳤던 세파 속에서 글마,
절마, 탓하면서도 살가운 속내 비치던 울 엄마

나잇살로 뚱뚱해졌지만 속눈썹 안쪽 맑은 눈동자, 이슬
을 보이던 그녀의 아름다움

사실, 나는, 그녀의 말을 가까스로 견뎌냈다 천사는 무
서운 존재*이므로

낮별도 낮달도 없는 청명한 가을날 호수에 비친 그림자
는 슬픈 눈을 지닌 뚱뚱한 천사

추락하여 중력의 고난 속에 있었다

사는 게 힘겹고 무서울 때면 그녀의 이야기를 듣고 싶다

몸에 대한 충고

— 욱아, 니는 주검 콧구녕을 쑤셔도 귀신병은 안 걸린다, 아프면 병원 가라

마음에 대한 충고

— 굿 덕 종교 덕도 없으니 우리 큰신, 동자신께서 한 목소리로 불쌍타 한다

언젠가 앓을 죽을병, 나의 어줍잖은 고독

큰누나 같은 이가 위로해주었으면 바라는 것이다

주여, 가을입니다

우리의 영혼을 위로해주소서

* 릴케, 「두이노의 비가」.

허파 속의 별자리

　이성복 시인의 「남해금산」을 읽습니다
　금산을 남성의 육봉으로 바다를 검푸른 바기나의 심연
으로 읽는
　사람을 보았습니다
　죽은 마광수 선생이 우마 서면처럼 관 뚜껑을 손날로
깨고 흙을 헤집고 나와 윤동주 시의 리비도를 밝히는 논
문을 또 쓰기라도 하나, 소스라쳤습니다
　시—
　노래—
　배호, 김정호, 마지막 잎새, 하얀 나비
　선병질처럼 민감한 창백한 노래 시를 남기는데
　결핵균이 별무리 또는 별자리 같다고 느낍니다
　코로나19 균은 행성의 표면 같기도 합니다. B612라고
해도 믿겠습니다

　숨을 쉬는 한, 입맞추기를 영원히 끊지 않는 한
　우리는 서로 감염되고 죽어갈지도 모르겠습니다
　알 듯 모를 듯 시와 노래만 남긴 채
　돌에 들어갔다 돌 속을 떠난 그녀 마음을 도무지 알 수

없듯이

시를 위한 시

밤바람 건드리며 별눈이 뜰 때* 괜스레 구글 어스로 평안북도 정주를 가보지만 부질없습니다. "내 집도 정주 곽산 차 가고 배 가는 곳"이라는 김소월의 시구도 백석이 넋을 잃고 보았다는 소월의 습작 공책도 찾을 길이 없습니다 중국 땅 윈난성의 리장 고성 담벼락 위에서 휘날리던 시진핑 주석의 사회주의 핵심 가치관 깃발들처럼 알 듯 모를 듯 붉은 깃발만 나부낄 뿐입니다 하기야 오늘 남도 제주에도 노란 깃발 붉은 깃발이 번갈아 무애한 넋들 사이로 펄럭이긴 합니다

애달픈 마음을 맨 처음 공중에 매달 줄 안 것은 누구냐고 노래한 무정부주의자 시인이 무색하게도 가슴이 애닳습니다

견딜 수 없어서 마음은 야차夜叉가 되어갑니다 병 주고 약 주는 것처럼 거칠고 악한 야차는 약차藥叉라고 발음하고 쓰여진다고 합니다 시 또는 언어의 병입니다 약도 없는 병

누가 괴로운 마음을 시랍시고 종이에 맨 처음 적은 것입니까

* 김소월, 「불탄 자리」(1925).

엔트로피

상처는 다시는 마음을 주지 않게 만듭니다
누군가를 참고 견디는 것처럼 주지 않는 마음도 처참한 것
사랑처럼 미움도 되돌릴 길 없는 법칙이 있습니다
이해합니다 오해 않겠습니다

금요일

고양이가 끄는 수레를 탄 아름다움의 여신
오딘의 스승인 아름다운 여신* 이름을 딴
금요일엔 낭보가 오길
희망이 다시 지펴지길
아기들의 슬픔 울음소리**가 없길
다치는 사람이 없길***

* 프레이야.
** 노래 〈수요일의 아이(wednesday's child)〉의 "Wednesday's
   child cries alone"의 본디 노랫말은 잉글랜드 서퍽 지방 동요에서는
   "Friday's child role reversal"(금요일에 태어난 아기는 슬픔이 가
   득)이었다.
*** 음양오행설의 이금치상(以金致傷).

미몽

잔혹 동화가 그리운 때가 있다
무턱댄 총격전과 뇌쇄하는 여배우가 열탕의 김처럼 눈
앞에 모락거릴 때가 있다
그리고 사랑이 있다
영원히 죽지 않는다는 것처럼
그대를 사랑하는 기다림이 허망을 이루기 위해 악귀처
럼 사는 헛된 꿈이라는 것을 나는 잘 안다
아끼는 그릇은 이 세상 그 무엇보다 빠르게 추락해 산
산조각이 난다
욕망은 공갈젖꼭지처럼 비어 있고
힘주어 붙들고 보듬어도 한 번 입맞춤에 부서지는 젤리
그리고 병들어 있다
우리가 앓는 것은 둘이라는 병이다
저 나무는 고독의 맹수이니 혼자 앓아본 적이 없다

어떤 몸과 넋

바깥으로 난 벽 구멍으로 새파란 연기가 휘몰아쳐 나갔다
꿈이었지만 무엇인가 누구인가 넋에서 빠져나갔다
왜 사랑하는지 묻는 어리석은 이유와 말들 위에는 저주
가 내리기를
까닭 모르겠네, 그저 사랑하는 것들만 살아남기를
되감기다 갑자기 풀어지고 삐져나오더니 헝클어진 카
세트테이프
작은 짐승의 갈색 내장 같은 과거
오랫동안 숙성되거나 부패한 말을 내뱉는 입술

장맛비의 사랑 노래

틀림없이 사랑할 수 있을 것 같다
아무 데도 아닌 이정표에 울컥
먹구름 잔뜩 낀 물마루에서 머나먼 해무에
가슴이 방망이질하는 걸 보니

사랑하니까 죽지 말라는 말을 다시 할 수 있을 것 같다
선선한 바람에 속이 살살 아파오고
핏줄에 설움의 알갱이를 집어넣은 것처럼
팔다리 온몸이 저릿해지는 걸 보니

커피에 번지는 구식 크림처럼
그대로부터 내 안에서 슬픔이 번진다
어떤 해적도 불한당도 새겨본 적 없는 불의 낙인
옛사랑이 흐려지고 마침내 스러질 날이 어김없이 오겠
지만
그대 죽지 말아라
그대 죽지 말아라
낡은 라디오 헝클어진 주파수 속에서 옹알이한다

제주의 눈

화산섬 뒤덮은 눈은 이 세상의 내면이다
지옥은 시뻘건 눈을 뜨고 있지만 지그시 감은 눈꺼풀의
꽃잎이
성을 가라앉히라 가라앉히라
여명이나 황혼에도 드러난 속마음에 눈발 나부낀다
화산불과 드라이아이스는 똑같이 뜨겁다

옷 이름

옷 이름이 궁금해서 묻고 다니곤 했다
내가 태어난 해에 김수영이 발표한 시 플란넬 저고리에
서부터
어머니가 골덴 골덴 하던 코듀로이로 지은 서양 재킷까지
일본 온천에 놀러가서 개똥폼 잡던 유카타까지
고백하건대 사람을 알고 싶었고
옷은 그야말로 껍데기,
누군가에게 건너가고자 하는 이름 또는 다리였을 뿐이다
이름을 알고 또 사랑한다 해도
영원이란 지상에는 없다는 뜻이라는 진실, 고통스러운
진실*
이름 모를 뜻이란 없다
세상 한 처음에 빛 있으라는 신의 언어처럼 나의 짝짓
기 수작은 말, 이름이었고
사랑의 밀어였다
그리고 죄를 졌다
갓 만든 칼날이 잘 드는지 지나가는 농부를 벤 사무라
이처럼
일진 친구를 위해 다시는 그에게 사랑한다는 편지를 못

하도록
　누군가의 풋사랑을 무찌르는 편지를 썼다
　그리고 매점 찐 라면과 담배 한 개비를 벌었다

* 마라(Jean-Paul Marat).

무서운 이야기

포도송이처럼 붙어사는 심장들이
뜨거워 견딜 수 없어
찬물 들이붓고는
냉한 가슴 껴안아달라는 변덕,
한여름 밤 무서운 이야기
밤 열한 시 오십오 분
문경새재 길에서 태운
빠알간 땡땡이 통옷의 다소곳한 여자
옷이 참 예쁘다는 말에
처음엔 이 무늬가 아니었어요
부끄러운 창백한 입술의 부탁
미안한데요 화장실 좀
길 없는 길에 차를 세우고
기다렸지만 그녀는 오지 않는다
작은 산짐승 다니는 길목에서
그녀를 찾았다
온통 핏방울 번진 하얀 원피스
막 부패하기 시작한 색신色身
혼절한 나를 깨운 살아 있는 손들이

전해준 그녀의 이야기는
이 세상 사람들이
무심할 대로 무심해진
그 흔한 어느 사랑의 종말과 복수
살아가는 것이 무서울 때면
복고하는 유행처럼
다시 찾아와 손 흔드는 땡땡이 무늬 그녀
고마워요 이제 갈게요
우리 생애의 모든 생이별을 후회하며
한여름에도
곁에 있는 뜨건 사람
손잡게 하는 그 옛날 무서운 이야기

정 떼는 말

정을 떼려고 한다니
얼마나 무섭고 슬픈 일인지
시리고 아픈 말들이 정을 떼려고 한 말이라니
하지만 나 또한 정 떼려는 말을
할지도 모른다는 쓸쓸한 앞날

파랑새는 어둡다

옛날 극장 애국가와 함께 흐르던 풍경
그저 하늘, 바다, 섬, 꽃나무, 새들, 야트막한 담장 집들
스크린에 내리는 비
사월과 오월의 옛사랑
마음은 괜스레 우산을 찾았네
북녘 글자 같은 붓글씨로 흐르는 시
옛님과 헤어진 화요일*은
검푸른 새처럼 다가오네
아! 모든 걱정과 부푼 희망
그리고 그대
마음 닿지 않는 설움이여
다시 또 안녕히

* 듀엣, 사월과 오월, 〈옛사랑〉, 1972.

녹색의 고양이

새파랗던 머릿가죽이 갈빛으로 변하고 살갗에서 풋사
과 향이 사라질 무렵부터 꿈꾸었다
화려한 뱀의 무늬를 간직한 인어의 비늘을 가졌으면
고양이들,
반지하방 아침 창가를
어슬렁거리고
술집에서 떼 지어 눈을 번득이던
고양이들,
보도 턱 가까이 매놓은 모가지를
취객이 밟아 파들거리며 피를 쏟던
그대 아가를 본 그날 밤
거대한 포식자로 부활하기를
나는 기도했다
마침내 깊고 푸른 밤 빛깔
크단한 녹색 고양이를 우러른다
어릴 적 무덤가 인광처럼 반짝이는
두 눈
짐승보다 사람의 원한 사무친 괴담의 주인공이던 그대
푸른 갈빛 갈기로 나를 채찍질하고

나의 눈을 감겨주련

작약 잎을 씹으며

오래전 손톱을 깨물었듯 작약 잎을 씹는다
쓴 기억과 달콤한 기억
길가의 한 꽃잎 속에 감추인 비밀의 샘을 빨아먹었던
과거
기억하고자 애를 썼다
글라디올러스? 김수영 시에도 나오는 글라지올로스
하지만 기억이,
또는 내가 잘못되었을 수도 있다. 무얼 잘못 먹고 살아
왔나
부쩍 잘못 살았다는 생각이 든다, 가을이다
계절 바뀔 적이면 집 앞을 지나는 우체국 자동차 빨간
아랫도리
내가 볼 수 없었던 편지들의 하혈이 번진 작은 꽃잎의
추신들,
달콤한 글라디올러스 꽃잎 물을 꿀벌에게 빼앗은 죄의
대가
손톱만 한 작약 이파리 쓴맛의 삶을 연명한다

소설가, 어머니, 아카바

소설가가 죽었다는 소식을 들으면
어머니가 생각난다
오늘까지 걸어오느라 얼마나 힘들었을까
이제 쉬시라는 말밖에.

소설가는 늘 혼자, 여자는 언제나 혼자 산다

늘 지중해를 꿈꿨지만 이젠 아니다
사막이 펼쳐지기 전에
잔물결이 잠시 깃들이는 아카바의 해변에 가고프다
사막 끝에 샘물은 없을지도 모른다
누가 내게 지상에서 쉬어가라고 손을 내밀까

신촌 기차역

백마 탄 왕자는커녕 빈손 맨주먹
솜털콧수염 앳된 사내가 세상과 싸워야
하는 아빠가 되었다
청춘이 소주 포장마차에
백마라는 낭만적 지명으로 요약되던 시절의 신촌 기차역
놀이터에서 또래와 생애 처음 싸움을 벌였던 다섯 살
나의 아들처럼
닥쳐오는 협궤열차에 먼저 오르려
젊은 연인을 어깨로 밀어붙여 경쟁에서 이겼다
나에게 진 두 약골 젊은이는 지금은 어디서 잘 살고 있
을까
어딘가에서 나처럼 모진 경쟁자를 만나 밀려서 신산하
고 가난한 나날을 지내고 있을까
미안하다 지옥 동료들*
허약한 자들끼리
가난한 자들끼리 싸움
분칠한 개발 독재의 유원지로 만든
백마에서 돌아와 녹초가 된 아이들을
주점 의자에 뉘었다

장사하는 데 들어와 애새끼들을 눕히면 어쩌라구
세파에 성마른 주점 할머니 악다구니에
마음엔 검고 성난 말들이 날뛰고
그날 신촌 기차역은 그렇게 저물고
눈물은 매캐한 최루탄 핑계를 대고

* 랭보, 김현 옮김, 『지옥에서 보낸 한 철』.

어부 팟퐁

홍어잡이 배의 팟퐁
그냥 태국 사람인 것 같아 멋대로 부른다
병원 정기 검진 때는 수납 창구 전광판에 함★순으로 익명 처리된
그저 내가 있고 누군가도 저기에 있을 뿐 이름이 무슨 대수랴
팟퐁은 갑판 한구석에서 고개를 모로 떨구고
스스로 팔짱을 낀 채 자기 가슴을 안고 잠들어 있다
무슨 꿈을 꿀까?
멀리 두고 온 식구들과 빠카퐁 쌈롯*을 손과 입에 묻혀 가며 먹는 꿈을 꿀까?
아빠 찾아 삼만 리를 아내와 아이들이 찍으러 와서 깜짝 놀라는 꿈일까?
그 꿈을 알 길이 없다
길가에 나무를 보며 나는 안다
저렇게 붙박여 살면 나는 이내 알코올 중독자가 되었을 거라는 걸
나는 믿는다 그리고 감사한다
나는 절대로 뱃사람은 못 되었으리라는 걸

나는 안다 꿈꿀 수 없는 일들과 어떤 사랑은
모두 새빨간 거짓말이라는 걸
어부 팟퐁은 무슨 꿈을 꿀까?

* 농어 튀김에 양념을 끼얹은 요리.

안녕히

다시 카사블랑카여 안녕,
수배되었을 때 숨어들었던 이태원 심야 사우나 남탕
이상한 짓을 하는 사람은 신고 바란다는
흰 벽 붉은 스프레이의 충고를 무시한 내게
수면실 간이침대에서 살을 붙이던 놈을 밀어냈지
다짜고짜 제 자지를 꺼내 흔들던 흑인 병사에게 흰소리
와우 유아 롱— 번 마인 이즈 스트롱—
그는 말없이 이마를 검지로 쏙 그었고 나는 가로수 버
팀목을 뽑아 놈을 후려갈겼다
아내와 머리 흔들며 엔터 나잇—* 하던 록 바
야간 투시경으로 열을 내는 존재를 탐색해야 하는 이
쓸쓸한 별에서
따뜻함 부비려던 불행한 넋들 창백한 청회색 하늘로 오
른다
안녕히,
이태원이여 안녕,
해골바가지를 뒤집어쓰고 앙상한 뼈를 입은
불길한 사랑
그러나 행복한 시절과 순간

나의 진심들이여 안녕

안녕히

울려라 진혼의 트럼펫

* 메탈리카, 〈엔터 샌드맨〉

망각

내가 용서를, 연민을 잃어버린 때는 언제일까
용서하지 못하면 용서받지 못한다는 것
연민을 잃으면
다시 사랑하지도 사랑받지도 못한다는 것
언제 새까맣게 잊고서 살고 있을까
훈련할 수도 없고 연습할 수도 없으며
풀꽃과 사람을 만날 때마다
마음 리트머스에 묻히지 않으면 알 수 없는
용서를 연민을 언제 잊어버렸을까

온통 희고 붉은 '노래', 그 뜨거운 시의 심연들

박성현

시인 • 문학평론가

1

　언어의 불가해한 현상 중의 하나는, 그 끝없는 '상기'(想起)다. 그런데 특이하게도 (언어의) 그 '상기'는 끊임없이 '되새기는' 의지적, 무의지적 작용이다. 때문에 기억이라는 상자에 저장된 특정 이미지는 그것이 떠올려지는 즉시 또 다른 이미지로 덧칠되고 시간의 흐름에 따라 조금씩 뒤틀리며 변형된다. 요컨대, 그 상자-속-의 '기억'은 원형이라는 것이 존재하지 않으며 단지 우리가 '그것-들'이라 부르게 되는 거칠고 투박하며, 모호하고 불투명한 이미지의 더미들로써 존재한다. 이른바 복원을 거부하는 시뮬라크르-이미지의 흐름들.

릴케는 진정한 의미의 '기억'을 이렇게 에두른다; '그것이 머리라는 공간에서 빠져나와, 기억을 변모시키는 이미지들로부터 멀어질 때뿐이다.' 문장 그대로, 기억을 그 자체로 온전히 보존할 진공의 공간이 없다면 그 원형 또한 존재할 리 없다는 뜻이다. 우리가 이런 기억의 작용을 부작위에서 비롯된 소극적 방치 혹은 자기-방어의 무의식적 왜곡이라 명명하든, 아니면 기억-이미지의 적극적이고 의도적인 편집을 통한 미래-시간의 창조적 산출이라 부르든 '언어의 되새김'은 인간의 내부 회로를 작동시킬 스위치의 역할을 하며 그/그녀의 실존을 보증할 주요 동력이 된다.

간과해서는 안 될 부분은 이러한 '되새김'이 언어의 본질적인 문제로 떠오른다는 것이다. 우선 '되새김'은 과거를 떠올려 주체의 실존, 곧 '지금-여기'를 확인하는 재현의 과정이면서—어제의 '나'와 오늘의 '나'는 동일한 사람이면서도 전혀 다르다—, 과거를 현재로 투영하고 미래를 선취하려는 투사-행위다. 또한 우리는 '되새김'을 통해 당시에는 인식할 수 없었던 '사건'의 지평을 새롭게 만난다. 당시로서는 결코 알 수 없었던 텅 빈 사실들이 비로소 사건의 자리로 재구성되는 까닭이 이것이다.

이로써 '기억-이미지'는 아직 펼쳐지지 않은 사건들의 필연적 도래가 된다. 이를테면, "1946년생 짙은 녹색 표지

『정지용 시집』"을 팔아버렸던 참혹한 시절은 지금-여기에 현존하는 시인의 확고한 정체성에 대한 반증이 된다. "잘 가라 책/ 나 초라하게 늙은 어느 날 만나게 된다면/ 눈곱 낀 눈과 떨리는 손으로 처음 만났을 때와 똑같은/ 너의 누런 페이지 위에 눈물 뚝뚝 흘리게 되리라"(「잘 가라 책」)는 문장은 그 '시절'에 대한 이해와 해석이면서 동시에 향후 자신이 걷게 될 시인으로서의 뚜렷한 자기-확신을 이끌어낸다.

과거는 이미 지나가버렸으므로 부재하며, 미래는 아직 실현되지 않았다는 이유로 현존하지 않는다. 오로지 존재하는 것은 과거를 미래로 투영하는, 지금-여기로 향하는 주체의 시점과 그 미세한 진동뿐이다. 따라서 홍대욱 시인이 상기하는 기억-이미지는 과거로부터 출발하지만, 그 언어는 미래를 향해 열리며, 그것을 투사함으로써 내면화한다.

2

그러므로 홍대욱 시인의 투사는 중의적 의미를 가진다. 실천가로서의 날카로운 시선과 시인으로서의 타자를 받아들이는 막중하면서 겸허한 시선이 그것이다. 이 시집 곳곳에 깃들어 있는 반성과 성찰은 이 두 가지 시선의 치밀

한 변증이다. 그가 삶을 '온통 희고 붉은' 서사로 간주하면서 줄곧 과거를 소환하는 이유가 여기에 있다. 무의식에 잔존하여 불현듯 떠오르는 비자발적 기억과 프레임의 안과 밖을 정밀하게 구획하여 현실을 고양시키는 카메라의 차가운 눈 모두를 포함한다. 이로써 그의 언어는 생활에 대한 단순한 재현을 넘어선다. '되새김'을 통한 언어적 '투사'—이것은 '언어 속에서의 다시 살기'라는 문학의 최대치를 실현한다.

또는 이렇다. 언어는 기억의 대상을 잘라낸다. 부패하고 썩은 것들은 삭제한다. 그럼으로써 언어는 우리가 대상에 더욱 집중할 수 있도록 만드는 바, 기억-이미지가 상기하는 '되새김'은 지나온 시간에 대한 반성과 성찰로 끝없이 재구성되며 시인의 전 생애를 '투사'한다. "사람의 지금은 옛날을 말해준다지만/ 기억이 지금일 때도 있(다)"(「기억이 쏟아니다」)라는 문장은, 과거와 미래의 얽힘을 통해 증폭되는 '투사'의 강렬함과 그 매혹을 잘 웅변한다.

이와 관련해 장-뤽 낭시는 "언어들이란 그 각각이 부분이 다른 부분의 바깥이 되면서, 단어가 다른 단어의 바깥이 되면서 펼쳐지는 시니피앙스의 견고한 묶음 단위이다. 따라서 그것들은 서로에 대해서든 사물들에 대해서든 서로 침투 불가능한 밀도 높은 말들이다."라고 말한다. 요컨대, 언어는 대상(사물)이든 언어 자체든 서로의 직접적 접촉 혹은 침투를 일절 허락하지 않지만, '하나의 단어가 다른 단어의 바깥에 위치해 그것을 포함하게 됨'으로써 스스로 구조적 상동성과 유사성을 만들어낸다. 이러한 사태는 시니피앙들끼리의 견고한 흐름(혹은 미끄러짐을 통한 대칭)을 산출하는 바, 마치 "세상의 모든 헌책은 시다"(「소독차와 헌책」)라는 선언에 내포된 '생성'(책)과 '소멸'(헌책), 그리고 또 다른 '생성'(시)의 변증을 실현한다.

이러한 사태는 '직관'과 '논리'를 대하는 시인의 태도에도 유사하게 적용되는 바, 그는 이 상반된 두 영역을 분리할 수 없는 하나의 사유로 통일한다. 하나의 몸으로 부정되고 돌출하며, 비었다가 채워지기를 반복하는 사유의 특이성을 그는 자신의 문장-쓰기에 활용한다. 물론 이것은 그가 생래적으로 가진 언어의 심급이다; "어릴 적 나는 본드를 들이마시고 초현실주의자들의 자동기술을 흉내냈다 가장 좋은 대화 상대는 달이었다 그는 녹아내려 내 피부로 스미기도 했고 내가 되기도 했다 기억의 폐지들을 뒤적여서 나는 지금 그때 저절로 써지듯 휘갈겼던 시를 복기하고 있다"(「자화상」). 다시 한 번 강조하거니와, 언어는 반드시 '묶음'으로 존재한다. 시니피앙은 결코 단독으로 실존하지 않으며, 우리가 언어에 관해서 말할 때는 그것이 전부다.

홍대욱 시인은 이런 사태를 다음과 같이 농축한다.

이성복 시인의 「남해금산」을 읽습니다

금산을 남성의 육봉으로 바다를 검푸른 바기나의 심연으로 읽는

사람을 보았습니다

(중략)

숨을 쉬는 한, 입맞추기를 영원히 끊지 않는 한

우리는 서로 감염되고 죽어갈지도 모르겠습니다

알 듯 모를 듯 시와 노래만 남긴 채

돌에 들어갔다 돌 속을 떠난 그녀 마음을 도무지 알 수 없듯이

— 「허파 속의 별자리」 부분

살아서 숨 쉬는 동안, 다시 말해 우리가 단독자가 아닌 둘 이상의 공동체로서 실존에 참여하는 한 "우리는 서로 감염되고 죽어"갈 수밖에 없다. 시인이 직설했듯 생활은 '입맞추기'라는 적극적이고, 때로는 방어적인 행위를 통해 이어진다. 여기서 중요한 것은, '분기'(갈라섬)는 '접속'(이어짐)을 통해 만들어지는 '계열'(독자적 흐름)의 전제이며, 이때 계열은 다시 분기의 징후로 되돌려진다는 사실이다. 이 무한 회로에서 의미의 확정은 불가능하다. 시인이 노래하듯 "알 듯 모를 듯 시와 노래만 남긴 채/ 돌에 들어갔다 돌 속을 떠난 그녀 마음을 도무지 알 수 없"기 때문이다.

앞서 언급했던 낭시의 주장이 옳다면, 곧 직관과 사유

에서 출발하는 반성과 성찰은 오로지 언어-속-에서 작동한다. "나, 그대, 우리는 언제 시작되었을까/ 둘이라는 병을 언제부터 앓았을까/ 우리가 사랑할 때와 죽을 때/ 사랑이라는 이름의 그 무슨 일과/ 언젠가는 끝나고 말리라는 슬픔이 차오를 때/ 괄호 속은 영혼의 가스로 가득 차 있다가 폭발해/ 마지막 날짜로 새겨지리라"(「사랑할 때와 죽을 때」)는 고백에 내포된 것처럼, 언어의 묶음, 곧 '둘이라는 병'은 '사랑'과 '죽음'으로 분기되며, 사랑은 '슬픔'으로 또한 죽음은 '영혼의 폭발'로 접속되고, '남성의 육봉'이나 '바기나의 심연'으로 계열화되면서 한 단계 더 숙성(혹은 확장)된다.

3

홍대욱 시인은 언어에 내재한 이러한 닫힘과 열림의 변증을, 마치 과거를 연 단위로 둥글게 껴안은 '나이테'의 형상으로 비유한다. 각각의 나이테에는 그 당시의 고유한 기억-이미지들이 배치되는데, "수배되었을 때 숨어들었던 이태원 심야 사우나 남탕"(「안녕히」)이나 군대 가기를 죽기보다 싫어했던 친구 녀석이 눈에 잘 띄라고 흰 양복을 입고 불꽃병을 던지던 가뜩이나 좁아 보이는 외대 정문(「시월의 별」)과 같은 구체적인 장소는 물론이고, "한양대

학교 앞 한마당 서점지기였던"(「영란」) 때 혹은 "출판사 교정지 받고 갖다주고/ 차비가 없어서 은평구에서 홍대 앞까지/ 걸어 다니던 시절"(「걷다」)이나 "난수표처럼 살아왔"(「사랑 工作」)던 시간도 있다. 시인은 이 산발한 더미에서 적절한 문장을 끌어올린다. 이 문장들의 변증이야 말로 시인이 쓴 문장의 특이성이며, 나아가 기억-서사라는 작시법(作詩法)의 요체가 된다. 그는 생(生)을 일으켜 세우고 지금까지 자신을 지켜온 불가해한 역설을 깊고 고요히 응시하는 것이다.

미래야 너는 왜 모처럼 눈부신 햇살이 아니라 알전구 희미한 낡은 건물의 응달 아래 내게 마지막 공중전화를 거는 거니

사랑이 강하고 굳센 것은 용감하게 아픈 날들을 돌아보고 무너지는 가슴속을 들여다볼 줄 아는 까닭이며 정직하게 후회하는 힘이며 한번 몰아칠 운명의 폭풍우 속에서 실컷 울어보기 위해서

다행이거나 불행했던 과거를 등지고 넘쳐나는 시내를 뚝뚝 흘리면서 타오르는 해를 머리 위에 이고 너에게 돌아가는 길 너는 나의 마지막 끊긴 길이야

　　―「편지」 부분

시인의 시야에 '미래'라는, 쓸쓸하고 무겁고 거칠며 애

처로운 무엇이 포착된다. '눈부신 햇살'이 아닌, '알전구'처럼 희미한 '낡은 건물의 응달'이라는 문장으로 미뤄, 그것은 그가 마주한 자기 자신, 혹은 그를 둘러싼 지난한 현실로 보인다. "살아가는 긴 연극 막간"(「늑대비」) 같은 것. 그런데 그 '미래'가 시인에게 '마지막 공중전화'를 건다. 언뜻 모순처럼 읽힌다. 미래는 오지 않았다는 이유로 어떤 것도 정해진 바 없으며, 그 시제에서 마지막이란 가능성의 극히 일부인데 '마지막'이라는 단어가 과연 어울릴까. 하지만 바로 그러한 이유로 '마지막'은 강조된다. 곧 '미래'에서 앞으로 닥쳐올 시간을 배제해버린다.

그는 이러한 '배제'에 대해 단호한 태도를 취한다. 역설적이지만 그의 시선은 미래를 계속 닫음으로써 소위 결정론적 태도를 유지한다. 수많은 가능성 중에서 그의 의지가 투사하는 몇 가지만 열어놓는다는 것이다. 그의 모든 증서들은 여기에 집중된다. 그런데 이러한 집중은 어떤 힘을 바탕으로 하고 있을까. 그 힘의 무게 추는 무엇일까. 물론 그것은 '사랑'이다. 그는 노래한다. 바로 '사랑' 때문에 "용감하게 아픈 날들을 돌아보고 무너지는 가슴속을 들여다"보고, "정직하게 후회"하며, "한번 몰아칠 운명의 폭풍우 속에서 실컷 울어"볼 수 있다고.

다시 백열등이 희미하게 빛을 뿌리는, "낡은 건물의 응달 아래"다. 시인은 그 쓸쓸하고 외로운 공중전화 부스에서 마지막 메시지를 보내는 '미래'를 지켜보고 있다. 미래의 '마지막' 문장들은 수많은 분기-점과 접속-점에서 거르고 걸러진 심급일 것이다. 그의 의지가 단일하게 투사된 종착역일 것이다. 미래를 닫음으로써 오히려 자신의 '미래'를 활짝 여는 최후의 만찬일 것이다. '사랑'을 진리의 최대치로 끌어올리는 강렬한 의지일 것이다. "시너를 뚝뚝 흘리면서 타오르는 해를 머리 위에 이고 너에게 돌아가는 길"이지만, 그래서 "너는 나의 마지막 끊긴 길"이지만 바로 그 순간 그의 시선은 가늠할 수 없을 만큼 확장된다. 닫음으로써 비로소 열리는 진리—"틀림없이 사랑할 수 있을 것 같다/ 아무 데도 아닌 이정표에 울컥/ 먹구름 잔뜩 긴 물마루에서 머나먼 해무에/ 가슴이 방망이질하는 걸 보니// 사랑하니까 죽지 말라는 말을 다시 할 수 있을 것 같다/ 선선한 바람에 속이 살살 아파오고/ 핏줄에 설움의 알갱이를 집어넣은 것처럼/ 팔다리 온몸이 저릿해지는 걸 보니"(「장맛비의 사랑 노래」)라는 문장에 집중된 것처럼.

그의 책가방을 앗았던, 수원역 어느 성노동자와의 일화를 주요 모티프로 삼은 「희고 붉은 노래」도 무척 흥미롭다. 이 시편은 반성과 통찰을 가능하게 한 '열정'이 인간의 삶을 광범위하게 추동한다는 것을 주제로 하는데, 물론 그 열정의 중심점은 평등과 자유이며, '리장 고성의 거리', '긴자銀座', '프랑크푸르트 중앙역'으로 확장되는 고백의 언어다.

오! 삶은 온통 희고 붉은 노래

내 詩가 벙커에 서서 몰래 한 손 내리고 숨가쁘게 끝내는 졸병의 자위처럼 서러운 비린내였을 때 붉은 혈서 한 장 썼었다 너를 사랑한다 이것은 사랑의 징표, 나의 피. 비장하거나 거룩하진 않았어 연필 깎는 칼로 검지 끝을 조금 그었을 뿐인 비겁한 출혈

(중략)

아직도 흰 면사포 같은 詩여 너는 수천 년 동안이나 찾아 헤매던 완벽한 밤이다 원한에 사무친 아귀餓鬼 하나가 등짝을 바짝 붙이고 비뚤어진 그림자를 숨기는 막다른 벽이다

(중략)

한 번씩 가보았던 리장 고성의 거리, 긴자銀座에서도 등불과 깃발들이 나부꼈다 프랑크푸르트 중앙역의 붉은 스프레이 "IRA the name of freedom"

이 홍등의 줄 어딘가에 나의 책가방을 앗았던 수원역의 그녀는 살았는지 죽었는지 기억이 하얗다

오! 삶은 온통 희고 붉은 노래

오늘도 희고 붉다 내일은 희고 붉을까

— 「희고 붉은 노래」 부분

늦은 밤이다. 수원역을 지나는데, 한 여자가 시인의 가

방을 낚아채는 것이다. 가방 속에는『카를 마르크스 경제철학수고』,『제주도인민무장투쟁사』밖에 없는데, 그 쓸데없는 것들을 가지고 다닐 수밖에 없는 어떤 분노와 절실함이 여자의 시선을 잡았을 것이다. 시인은 연필 깎는 칼로 검지 끝을 조금 그어서는 그 피로 '너를 사랑한다'는 뜻밖의 혈서를 쓰고는 그것을 징표로 삼는다. 비장하거나 거룩하지는 않았지만, 어쨌든 사랑을 하려거든 목숨을 바쳐야 하지 않는가.

하지만 그것은 심장에 상처만 남기는 낭만적 열정으로 저물기 쉽다. "노래가 되지 못하고 구천을 떠도는 뒷골목의 詩"로, 다시 말해 한때의 유행가로 끝나버릴 수 있다는 사실을 잊어서는 안 된다. 그가 직접 경험했으므로, 시인은 이 열정의 몰락을 잘 안다. 그럼에도 불구하고 피의 문장만이 시의 가장 날카로운 촉수를 간직할 수 있지 않은가. 이것이 시인이 삶을 "온통 희고 붉은 노래"라고 선언해야만 하는 이유다. 루신의 말처럼, '피의 문장'만이 멀리 가고 끝까지 갈 수 있다. 피의 문장만이 "흰 면사포 같은" 순백의 시가 될 수 있다. 개미 떼처럼 밀려들고 흩어지는 언어들 사이에서 오직 피로 쓴 문장만이 '시'인 것이다.

때문에 그에게 '시'는 "수천 년 동안이나 찾아 헤매던 완벽한 밤"이고, "원한에 사무친 아귀餓鬼 하나가 등짝을 바짝 붙이고 비뚤어진 그림자를 숨기는 막다른 벽"이다. 리장 고성, 긴자는 물론이고 프랑크푸르트 중앙역의 거리 곳곳에 새겨진 평등과 자유의 이념이다. "버려진 갓난아기에게/ 물려주"(「제인구달」)는 젖이고, "어느 스산한 골목 삭풍이/ 뒷덜미를 서늘하게 할 때/ 웬일인지 온통 실내가 새카만/ 돼지갈빗집에서 새어나온 훈풍"(「고백」)이며, 누군가 아플 적에 보고 싶다고 꿈꿀지도 모르는 영화"(「애인」) 혹은 아련하게 사무치는 "당신 엷은 감빛 살냄새"(「감곡」)다. 비록 "이 홍등의 줄 어딘가에 나의 책가방을 앗았던 수원역의 그녀는 살았는지 죽었는지 기억이 하얗"지만, 시는 온통 희고 붉은 노래다.

4

흥미롭게도 홍대욱 시인에게 기억-이미지는 상당히 중의적이다. "기억의 악마/ 기억의 천사/ 몸짓들, 음식들, 맛있는 것, 불쌍한 것들, 그리고 사랑한 사람/ 아름다운 몸가짐/ 때마다의 마음가짐"(「언약」)처럼 다양한 변주로써 떠오른다는 것이다. 시인의 언어가 현실을 외연화하면서 현실-속-으로 빠르게 미끄러질 수 있는 것은, 어쩌면 이 '중의성'에 내포된 차이(혹은 균열)가 적극적으로 실행되기 때문이 아닐까.

하지만 그는 거기에 머무르지 않는다. 뿌리를 내리고 줄기를 틔우며, 종국에는 하나의 나무로서 스스로 단련한다. 바로 여기서 우리는 시인의 기억-이미지가 기억-서사로 도약하는 순간을 목도할 수 있다.

지금까지 살펴본 것처럼, 이러한 변증을 이끌어내는 것은 '사랑'의 힘이다. 시인이 스스로 고백하듯, "나의 아팠던 사랑/ 그 수많은 뒤안의 이야기들"(「미라보 한의원」)은 "미아리 대지극장 골목 순두부집에서/ 밥 먹고 수유리 사일구탑 꽃그늘에서 첫 입맞춤"(「순두부의 사랑」)이나 "자갈이나 모래 해변에/ 그저 스미는 밀물"(「시냇가 밀물」) 혹은 "여름 이파리/ 건들바람에/ 햇살 비늘 털며 춤추면/ 몸살 이마에 얹힌/ 얼음수건 같은/ 듬성한 옛날/ (중략) / 차가운 나의 바깥으로/ 마음 난로가 토해내는 흰 연기/ 화장실 바닥 네모반듯한 타일의 공화국들/ 국경을 넘어 버려진 생리대/ 황혼의 갈기/ 신들이 뜯어 삼키는 핏빛 솜사탕"(「남자의 명상」)를 끌어안는다. 시인에게 '시'는 멀리 있지 않다. 혈관을 타고 흐르는 피, 그것이 시인이 집요하게 파고든 '시'다.

스무 살을 넘기면 죽을 준비를 해야 한다는 개떡 같은 노자 말씀
　오래간만에 비를 맞고 시름시름 팔베개를 하고 누워보니 그 말씀이 옳다
　먼 별에서 쏜 화살이 너무나도 오래 날아온 힘의 마이크로 바늘 같은 게 되어 우리 뺨을 조금씩 파내는 것이다 못 느끼거나 따끔할

뿐이지만 늙어가고 죽어간다

  그렇게 별빛에 얼굴은 여위고 정다웠던 사람은 떠나는 것이며 영
혼의 입자를 화폐와 불균등하게 바꾸는 한 인생 지나간다

  고적한 일요일 밤 술집 기척 없는 뒤를 돌아보니 반 넘어 남은 생
맥주 거품은 아직도 올라오는데 흰소리하며 흐느끼던 사내는 사라
져버렸다 떠나려면 저렇게 떠나야지

  ―「밤의 사내」 전문

  시인은 어느 역 앞 지하보도를 지난다. 손에 든 가방이
비에 저항하며 그 무게를 견디고 있다. 그는 목적지를 잊
지 않았다는 듯 또박또박 걷고 있었지만 아무래도 새의
걸음처럼 비틀거린다. 그때 그의 눈을 사로잡은 한 사람
―시인이 밝힌 바 그는 '노숙자'다. 그 모습은 묘하게도
기원전 느슨하지만 자유분방하고 비어 있으면서도 '공백'
으로 꽉 찬 노자를 떠올리게 한다. 알렉산더에게 햇빛을
가리지 말라고 말한 시노페의 디오게네스와도 닮았다. 시
인은 문득, 가방이 자꾸만 하방으로 가라앉고 있음을 느
낀다. 기분일지도 모르겠지만, 그 노숙자는 시인을 향하
면서도 그의 너머에 시선을 꽂고 있다. 먼 미래를 읽고 있
는 듯한 혹은 꿈을 꾸는 듯한 모습이다.

  그때 노자는, "스무 살을 넘기면 죽을 준비를 해야 한
다"고 중얼거리듯 말한다. 시인은 그의 불명확한 발음이

아무래도 마음에 걸린다. 그 문장에는 고딕-체로 새겨진 차가운 상처들이 있기 때문이다. 죽을 준비를 해야 하는 삶이란 무엇일까. 삶이란 '죽을 준비'를 하는 시간일까. 만일 그렇다면 우리는 어떠한 미련도, 회환도, 지워야 할 고통도 없으리라. "그렇게 별빛에 얼굴은 여위고 정다웠던 사람은 떠나는 것이며 영혼의 입자를 화폐와 불균등하게 바꾸"면 그만이겠지만.

가시처럼 걸린, 그 문장을 되새기며 시인은 집으로 간다. 비를 맞아 오한이 든다. 시름시름 팔베개를 하고 눕는다. 자꾸만 노자의 죽을 준비라는 문장이 되새겨진다. 뒤척일 때마다 그 문장은 "먼 별에서 쏜 화살"처럼, "너무나도 오래 날아온 힘의 마이크로 바늘"처럼 불현 듯 그의 두 뺨을 파내고 있다. 그는 이 메아리가 쉽게 가라앉지 못할 것이라 확신한다. 어쩌면 그가 생각하고 움직이고, 숨을 쉬는 모든 장소, 모든 시간에 찾아와 그를 불편하게 할지도 모른다.

다시 시인은 지하보도를 건너고 있다. 비에 젖은 가방이 그만큼의 무게를 더한다. 그의 머릿속에는 이 곤궁한 육체를 쉬게 할 생각뿐이다. 한 노숙자를 지나는데 그의 잠언 같은 소주병이 눈에 들어온다. 노숙자의 인생은 어디에 있는 것일까. 그는 과연 자기 삶에 얼마만큼 뿌리를 내렸던 것일까. 노숙자의 죽음은 어떤 의미를 가지는 것일까. 한동안 지하보도에는 노숙자의 땀에 전 중얼거림과 시인의 불편한 발자국 소리만 울린다. 그 짧은 인연 뒤에 남는 것은, 그들의 실존과 죽음뿐이다. 그 두 가지로만 그들의 삶은 '지금-여기'로 엮어진다. 그들은 죽음이 수탉처럼 크고 거대하게 울며 매일 세상을 깨운다는 것을 안다. 그리고 그 소리를 거부할 수 없다는 것도 안다. 다만 그 울음을 받아들이고 준비를 할 때에서야 비로소 삶은 자신을 향할 수 있다.

결국 '죽을 준비'란 결국 "반 넘어 남은 생맥주 거품"처럼 아직 남아 있으리라 믿는 미래를 남겨두는 일이다. 삶에 '나'를 제외한 모든 것들을 남겨두는 일이다. 그리하여 '죽음'은 사랑의 막중한 심연으로 잠긴다. 오직 사랑만이 죽음을 죽음'으로써' 구원한다.

내가 너를 잃은 것은 한 사람을 잃은 것이 아니라

풍경과 바람과 냄새를 잃은 것이다

나를 살리는 빗소리를 잃은 것이다

너를 잃은 눈물 마를 날 두려워

물 닿자마자 푸른 녹이 슬 내 마음의 해치 열어젖히고

폭우에 젖던 시절도 갔다

혹시 못 알아들은 너의 말 있을까 봐

맞댈 가슴 없어 식은 심장으로

네 편지 글자들을 눈에 사금파리로 새기던 밤들도 지났다

반쯤 벌어진 입술로 피돌 사이를 헤매던 신음의 악령들을 내뱉으며 이제 너를 마음속에 묻는다

물결에 비치는 햇살이면 충분한 것을

그 무슨 아름다운 바다 보여주려

미친 듯이 흘러가는 이 삶의 강이 멈추고

세월을 헤아리다가 헤아릴 줄을 잊어버리는

무심한 뭍에 닿아서야 나는

네 사랑의 안부를 묻겠다

─「사랑을 묻는다」 전문

연인을 떠나보내는 것은, 그것이 사랑의 갑작스러운 소멸에서 오는 '헤어짐'이거나 혹은 '죽음'에서 기인하거나 모두 대상의 부재라는 치명적인 사태로 치닫는 일이다. 대상의 부재는 그동안 연인들이 지속해온 관계의 멈춤이다. 부재에 직면하자마자 그/그녀는 상대방에 대한 믿음과 설렘에서 튕겨지며, 그로 인해 온몸을 감쌌던 희열과 열락은 단절되고 만다. 대상의 부재는 사랑의 뒤틀림이고, 균열이며 급기야 왜곡이라는 극단적 징후의 서막이다.

이 문제는 시간이 지나면서 걷잡을 수 없이 심화된다. '대상의 부재'라는 사건은 한순간으로 끝나는 것이 아니라 마음에 깊은 생채기를 내고는 시도 때도 없이 반복되기 때문이다. 우리가 반복−강박이라 일컬을 만큼의 심리

적 불안과 그에 따르는 이상 행위들이, 눈에 보이고, 귀에 들리며, 심지어 냄새나 촉각 등으로 환원되면서 생활의 도처를 장악한다. '너'는 부재함으로써 '나'를 뒤흔들어버린 것이다. 요컨대, 두 사람의 관계-밀도가 강하면 강할수록 너(의) 부재는 급기야 '나의 죽음'으로 되돌아온다. "나 태어나기 전부터 사랑해준/ 하늘빛 공기/ 그런 불멸의 연인"(「링거」)이라면 그 강도가 얼마나 거셀지 짐작도 하기 어렵다.

때문에 "내가 너를 잃는 것은 한 사람을 잃는 것"에 그치지 않는다. 그것은 '너'의 심장에 새겨진 모든 시간과 장소, 모든 말들을 한꺼번에 잃는 것이다. '너'에게 새겨진 "풍경과 바람과 냄새"는 물론이고, '나'를 절망에서 구원했던 수줍은 너의 '빗소리'을 잃는 것이다. "혹시 못 알아들은 너의 말 있을까 봐/ 맞댈 가슴 없어 식은 심장으로/ 네 편지 글자들을 눈에 사금파리로 새기던 밤들"도 잃는 것이다. 너의 부재는 조금씩 '나'를 잠식하며 단절과 결핍으로 이어진다. '나'는 돌연 '금지'된다. 주체는 분열 직전에 놓이고, 상사(相思) 그리움의 열병에 잠식된다. 그것은 "버리지 않은 편지"(「마니산 편지」)처럼 내 실존의 은밀한 서랍 속에서 그 길고 긴 망각에 안전하게 방치된 채 '나'를 끊임없이 밀어내는 것이다.

그리하여 시인은 운다. '너의 부재'가 언제 끝날지 모르는 이 하염없는 시간 속에서 그는 '폭우의 시절'을 지난다. 그는 "용서를, 연민을 잃어버린"(「망각」)다. 그는 "되감기다 갑자기 풀어지고 삐져나오더니 헝클어진"(「어떤 몸과 넋」)다. "마음엔 검고 성난 말들이 날뛰"(「신촌 기차역」)기까지 한다. "반쯤 벌어진 입술로 피톨 사이를 헤매던 신음의 악령들"까지 흘러나오는데, 마침내 '너'를 마음속에 묻어야 할 때가 온 것이다. "미친 듯이 흘러가는 이 삶의 강이 멈"출 때까지 그는 자신의 부재 속에서 단절된다. 하지만 시절은 조용하면서도 단호하다. "물결에 비치는 햇살이면 충분"하다는 것. "무심한 물에 닿"는 일, 어쩌면 이것이 사랑이 아닐까. '묻다'라는 동사의 중의성이 "여명 닮은 황혼의 안부"(「한여름 밤낮」)를 통해 비로소 완결되는.

5

이처럼 홍대욱 시인은 생활과 실존의 거의 모든 곳에서 시를 발견한다. 이러한 집요하고도 놀라운 집중은 "여름 끝자락/ 소슬바람에도 시인을 만"(「9월엔」)나도록 추동하며, "고이지 않는 시/ 흐르지 않는 마음"(「시」)이라는 형용 불가한 양가성을 대칭한다. 결국 이러한 사태는 "살아 있는 것은 무조건 아름답다"(「세월 막잔」)는 진리로 이어지며 "나라는 개 한 마리에게는/ 사랑할 때와 죽

을 때만 있다"(「달세뇨」)는 막중한 선언을 가능하게 한다. 이 '선언'은 시인의 '기억-이미지'가 '기억-서사'로 고양되는 결정적 계기가 되는 바, 이야기의 끈질긴 생명력이 홍대욱 시의 바탕에 자리 잡게 된 것이다.

그렇다면 시인에게 '시'는 무엇일까. "견딜 수 없어서 마음은 야차夜叉가 되어"(「시를 위한 시」)가면서 얻은 병, 그 약도 없는 병이 시일까. "옛날 극장 애국가와 함께 흐르던 풍경/ 그저 하늘, 바다, 섬, 꽃나무, 새들, 야트막한 담장 집들/ 스크린에 내리는 비/ 사월과 오월의 옛사랑"(「파랑새는 어둡다」), "내가 볼 수 없었던 편지들의 하혈이 번진 작은 꽃잎의 추신들,/ 달콤한 글라디올러스 꽃잎 물을 꿀벌에게 빼앗은 죄의 대가/ 손톱만 한 작약 이파리 쓴맛"(「작약 잎을 씹으며」)까지도 말이다.

그렇다. 도처가 '시'이고 모든 생명이 '시인'이다. "못다 사랑한 고문拷問/ 앙갚음하는 눈부신 햇살/ 오랜만이다 온몸에 꽂히는/ 탄환 같은 비"(「봄喪」)도 "캄캄한 어둠의 숲속 드물고 듬성한 창의 불빛/ 외롭고 무서워 어찌 살까 하던 바로 그 불빛"(「일곱 개의 별」)도 그 풍경 자체로써 시로 정립된다. "깃들었던 집들, 학교, 나무, 파릇한 풀밭들/ 변색된 폴라로이드/ 어린 연인의 얼굴"(「칸나의 죽음」)도 기억-서사 속에서 숙성되며, "나 태어나기 전부터 사랑해준/ 하늘빛 공기/ 그런 불멸의 연인"(「링거」)으로 탈바꿈된다.

몽돌에 실이끼 같은

푸른 글씨가 쓰여 있는 것 같았습니다

사랑했었노라고

가까이 멀리 떠 있는 배는

갈 수 없는 집 같았습니다

집어 가면 징역을 살거나

가난한 이의 전셋값어치를

물어야 한대서

겁을 먹었습니다

그대 고백을 고스란히 파도 곁에 놓고 갑니다

바다에 던지진 않았습니다

어느 심해어 한 마리가

오래 기억해줄 것을 기약할 수는 없으니까요

비 오는 속초 앞바다

그대 생각합니다

　—「몽돌 편지」 전문

　몽돌이 깔린 해변을 걷는다. 저무는 비와 함께 무너진
오후의 색(色)을 밟는다. 발바닥에 달라붙은 심심한 통증.
수만 년을 바닷물과 비바람에 씻기면서 각진 모서리를 잃어버린 몽돌이나 내리누르는 힘에 저항하기보다는 받아들이는 것이 익숙하리라. 그는 땅과 바다를 나누는, 몽돌로 이뤄진 이 울타리 혹은 검고 잔잔한 융기(隆起)가 사뭇 고요한 까닭이 궁금해졌다. "가까이 멀리 떠 있는 배"나 "갈 수 없는 집"인 듯 아주 멀게 느껴졌지만, 다만 보는 것만으로도 안식에 이를 수 있는, 둥글게 펼쳐지고 이어진 선들이 실타래처럼 부드럽게 감겨 있는 유년의 다락 같기 때문일 것이다.

흰 깃을 세우며 파도가 밀려온다. 바닷물은 형체가 없다. 하지만 파도는 있다. 시인은 몽돌을 좀 더 지그시 밟고 일렬로 늘어서서 돌진하는 구름을 본다. 파도가 땅의 가장자리에 닿는다. 그러나 곧바로 물러난다. 그때 시인은 몽돌에 "실이끼 같은/ 푸른 글씨가 쓰여 있는 것"을 알아차린다. 파란 먹물로 휘갈긴 상형(象形)이다. 파도가 곰살맞게 몽돌을 뒤척이기 때문인지 좀처럼 지워지지 않는다.

그 상형은 시차(視差)에 따라 다르게 읽히겠지만, 지금 시인의 눈에 펼쳐진 것은 '사랑했었노라'는 고어체의 문자-형(形)이다. 그는 수많은 몽돌 사이에서 튀어 오른 그 '이미지'를 몰래 가져가고 싶지만 두려움이 앞선다. 표면상 "집어 가면 징역을 살거나/ 가난한 이의 전셋값어치를/ 물어야 한"다는 경고 때문이지만, 진짜 이유는 그것이 이미 시인의 마음 한복판에 자리를 잡고 있다는 사실 때문이다. 시인은 몽돌을 가져가지도, 미끄러운 표피에 새겨진 문자를 읽지도 않는다. 바다에 던지지도 않으며 "그대 고백을 고스란히 파도 곁에 놓고" 가버린다. "심해어 한 마리가/ 오래 기억해줄 것"만 바라며, 마지막에는 화석처럼 메마르고 단단하기만 해서 아무런 통증도 없기만을 바라며.

*

그러나 "사랑에 대해서만은 아직도 나는 서성"(「버스 정류장에서」)인다고 시인은 고백한다. 오지 않는 버스를 기다리는 듯, 사랑만큼은 여전히 '서서' 기다리는 것이다. 그럼에도 불구하고 그는 '사랑'의 이야기들을 꾸준히 확장한다. 비록 "어둠의 핵심에 자리 잡고서/ 있는지 없는지조차/ 희미한 유령거미라면/ 굳이 사랑을 구하려/ 눈코입 돋을새김하거나 빛날 필요는 없"(「유령거미」)겠지만, 그의 사랑-이야기는 삶의 수많은 균열과 어긋남 속에서 빛을 발하며 반드시 이어지고 열매를 맺는다. 희망이 다시 지펴지고, '아기들의 슬픈 울음소리'도, '다치는 사람'도 없는 '금요일의 낭보'는 그렇게 오는 것이다(「금요일」). 바로 그렇게, "새벽 외투 입고 나선/ 너를 그려보는 겨울 꿈 또 하나/ 오래 걸려도 너는 도착"(「신호등」)한다. 끝

달아실에서 펴낸 홍대욱의 시집

세상에 없는 노래를 위한 가사집(2022)

달아실 기획시집 27

도대체, 대책 없는 낭만

1판 1쇄 발행	2023년 8월 18일
지은이	홍대욱
발행인	윤미소
발행처	(주)달아실출판사
책임편집	박제영
디자인	전부다
법률자문	김용진, 이종진
주소	강원도 춘천시 춘천로 257, 2층
전화	033-241-7661
팩스	033-241-7662
이메일	dalasilmoongo@naver.com
출판등록	2016년 12월 30일 제494호

ⓒ 홍대욱, 2023

ISBN 979-11-91668-83-4 03810